MW00981564

ET VOUS TROUVEZ ÇA DRÔLE ?

Michel Colucci est né le 28 octobre 1944. Après une enfance passée en banlieue parisienne, il exerce plusieurs métiers : fleuriste, télégraphiste, garçon de café, chanteur, animateur de cabarets (La Méthode, Le Port du Salut).
En 1968, il crée Le Café de la Gare avec Romain Bouteille, Miou-Miou, Patrick Dewaere... et adopte le pseudonyme de Coluche. En 1971, Le Vrai Chic Parisien voit le jour et plusieurs spectacles y seront représentés : *Thérèse est triste* (1971), *Ginette Lacaze* (1972), *Introduction à l'esthétique* (1973). A partir de 1974, Coluche enchaîne les one-man show : *Mes adieux au music-hall* au Café de la Gare (1974), puis à Bobino (1975) et au Théâtre du Gymnase (1978-1980). Le public découvre alors le personnage haut en couleur dont l'humour dévastateur n'épargne personne : les politiciens, les journalistes, les militaires, les anciens combattants, les publicitaires, les racistes...
Coluche officie également à la télévision et à la radio : sa truculence, tour à tour, séduit et choque. Il présente *Midi Magazine* pendant cinq jours avec Danièle Gilbert (1971) et alterne les passages sur Europe 1 (*On n'est pas là pour se faire engueuler* en 1978-1979 ; *Y'en aura pour tout le monde* en 1985-1986), RMC (1980) et Canal + (*Coluche 1-Faux* en 1985-1986).
Il poussera la provocation jusqu'à se présenter à l'élection présidentielle de 1981 (où il obtient d'ailleurs 16 % d'intentions de vote), de même qu'il se « marie » avec Thierry Le Luron en 1985 « pour le meilleur et pour le rire ».
En 1984, Coluche obtient le César du meilleur acteur pour le film de Claude Berri, *Tchao Pantin*, et dévoile une nouvelle facette de sa personnalité. Révolté par le malheur et profondément humain, il le prouve en créant Les Restaurants du Cœur en 1985, action qui perdure aujourd'hui.
Ce passionné de moto, qui détenait le record du monde de vitesse du kilomètre lancé, est une figure emblématique de toute une génération. Considéré comme l'un des plus étincelants humoristes français, Coluche est décédé le 19 juin 1986.

Paru dans Le Livre de Poche :

L'HORREUR EST HUMAINE

PENSÉES ET ANECDOTES

ELLE EST COURTE MAIS ELLE EST BONNE !

COLUCHE

Et vous trouvez ça drôle ?

LE CHERCHE MIDI ÉDITEUR

NOTE DE L'ÉDITEUR

Il reste des trésors à découvrir. En voici pour preuve ces pensées et aphorismes jamais publiés à ce jour, extraits d'entretiens accordés par Coluche tout au long de sa carrière ainsi que de différentes émissions de radio et de télévision qu'il a animées. Certaines histoires sont retranscrites pour la première fois et racontées de manière inimitable par Coluche. La conférence exceptionnelle sur les nouveaux pouvoirs et les Restaurants du cœur en particulier, que Coluche avait faite à l'invitation de la loge « Locarno 72 » du Grand Orient de France, complète cet ouvrage.

Cabu était l'ami de Coluche. En témoignent ses dessins en 2ᵉ et 3ᵉ pages de couverture.

On me reproche deux choses : de dire quelquefois la vérité et de tenir des propos en dessous de la ceinture. Je dirai au contraire que pour la vérité on fait ceinture, et on est toujours en dessous de la vérité.

S'il y a des mecs qui ont du pognon et qui sont emmerdés parce que l'argent ne fait pas le bonheur, ils n'ont qu'à le dire : on trouvera toujours des pauvres assez cons pour le leur piquer.

*

Alors si je comprends bien, il faudrait pas que je dise du mal des Belges, il faudrait pas que je dise du mal des Arabes, il faudrait que je ferme ma gueule à propos de la politique, il faudrait que je raconte des histoires un peu moins dégueulasses et il faudrait pas que je parle la bouche pleine, mais on va jamais me payer à rien foutre !

*

À chaque fois que je vois une femme qui me plaît, soit c'est elle qui est mariée, soit c'est moi !

11

*

Je voulais juste dire aux mecs qui télé-
phonent suite à mon annonce pour me
vendre une DS de se calmer sur les prix. Je
suis peut-être plus riche qu'eux, mais je suis
pas plus con !

*

Ce matin dans le journal en page 2 : « La
police tue un immigré innocent en lui tirant
dans le dos. » Et en page 3 : « Six banques
nationalisées impliquées dans une escroque-
rie de vingt milliards au préjudice de leurs
clients. » Que voulez-vous, la police ne peut
pas être partout à la fois !

*

Le mariage, c'est souvent le coup de foudre.
On s'est plu, on s'est plu, on s'est plu, puis à
la fin on sait plus !

*

Les films pornos on les reconnaît à ce que les
acteurs sont filmés sans la tête. Donc pour
ceux qui n'en ont jamais vu : mettez la télé
plus bas !

*

J'ai commencé par être chanteur mais j'ai été

plus honnête que ceux qui ont continué, moi
j'ai arrêté.

*

C'est pas que je voudrais pas être chanteur,
mais je me suis habitué au pognon que je
gagne !

*

C'est un chanteur, dont on ne dira pas le
nom, qui sort de scène après avoir été sifflé
copieusement et qui dit : « Ah, si on les écou-
tait on chanterait jamais ! »

*

Les oreilles sont les poignées des gosses.

*

Voler c'est quand on a trouvé un objet avant
qu'il soit perdu.

*

On dira ce qu'on voudra mais se moquer de
quelqu'un c'est quand même une manière
comme une autre de se foutre de sa gueule !

*

La météorologie est une science exacte, le

problème c'est que les météorologues ne la connaissent pas.

*

C'est vrai, je porte des lunettes. Mais c'est pas à cause de la vue. C'est à cause de l'âge.

*

On fait pas d'aveugles sans casser des yeux.

*

Des nouvelles de la presse. Cette semaine je suis dans *Lui*. Je préfère quand je suis dans *Elle*.

*

Le Tour de France, il serait moins dur à faire sans le vélo que sans le dopage. Et encore, il faudrait qu'il fasse beau...

*

J'ai vu en photo dans le journal un basketteur de 2 mètres 30. Là je dis, c'est plus du jeu! Y'a triche! C'est comme courir le tiercé avec un cheval de 800 mètres de long!

*

Aux États-Unis, un ours a avalé 35 kilos de coke. En voilà un qui ne sera pas dur à empailler! L'ours s'est vendu 600 francs le gramme!

*

Une hôtesse de l'air violée sur le périph! À mon avis les avions volent trop bas!

*

Dassault a gagné 12 % en Bourse. Ça va lui faire de grosses bourses! Il va être obligé de changer de slip!

*

Les gens qui disent que je suis grossier ont raison. Je suis exactement grossier, et je me trouve même un peu seul. L'irrespect se perd et on se fout pas assez de la gueule des cons.

*

On dit les Blancs, les Noirs... mais *sexe*, c'est pas forcément un gros mot. Ça dépend beaucoup de la couleur du sexe!

*

Il paraît qu'on peut attraper le sida rien qu'en s'inscrivant au Front national! Non, je déconne, mais faut pas le dire. On peut même si on veut lancer la rumeur!

*

Jean-Marie ne sera jamais élu DONC ceux qui votent pour lui votent forcément pour rien !

*

Il paraît qu'en entendant une de mes conneries, Jean-Marie s'est fâché tout rouge. Ce qui est pourtant loin de ses idées !

*

Conseil politique : achetez du SMIC, c'est ce qui augmente le moins.

*

Un conseil pour les chômeurs : le franc flotte, nagez la bouche ouverte !

*

Les parcmètres coûtent plus cher à l'État qu'ils ne rapportent. J'ai une solution : qu'on les enlève !

*

La Suisse, c'est formidable, tout y est moins cher, même l'argent français !

*

Problèmes financiers au Vatican. On annonce une « suppression du personnel inutile ». Ils vont virer tout le monde ?

Nous organisons un grand concours de chèques à mon nom. Le plus gros a gagné.

*

J'ai des revenus qui sont partis aux impôts. Ça va, ça vient...

*

À force de me serrer la ceinture, j'ai les bretelles qui n'arrivent plus à joindre les deux bouts.

*

Je suis un ancien pauvre, et comme je m'en souviens bien, même avec ce que je paye d'impôts, je gagne encore beaucoup.

*

On apprend dans la presse qu'il y a deux inspecteurs des impôts en prison. Je voudrais savoir si c'est deux en tout ou deux de plus !

*

Moi qui n'ai que les moyens d'être français, je me retrouve être un Français moyen !

*

On a longtemps cherché des idées pour améliorer le sort des hommes. Le socialisme par exemple, c'est une idée qui essaye d'améliorer le sort des hommes. À mon avis il faudrait commencer à chercher une idée pour améliorer les hommes. C'est urgent maintenant !

*

L'homme s'est mis en société pour lutter contre l'ennui et depuis il s'emmerde !

*

Les hommes politiques, c'est des hommes qui font le même métier que moi sauf qu'ils mettent moins de rouge sur le nez. Mais ça je pense qu'ils devraient en mettre plus, ils feraient plus marrer.

*

Je vais vous expliquer le principe de base de l'économie : « Donne-moi ta montre, et quand tu as besoin de l'heure, moi je te la dis ! »

*

En politique, la vérité c'est que Dieu a bien fait les choses : il a fait les mêmes avantages pour les pauvres que pour les riches, seulement comme il y en a qui sont riches, ils profitent mieux des avantages, c'est tout.

*

Vous savez la différence entre un ouvrier et un patron ? L'ouvrier c'est celui qui sait comment on travaille, le patron c'est celui qui sait pourquoi on travaille !

*

Camarade balayeur, à partir de demain, grâce au syndicalisme, tu seras l'égal du patron ! Mais je te préviens, c'est toujours toi qui ramasseras la merde et tu seras toujours payé moins cher.

*

Raymond Barre s'est dit touché par le chômage. Il a dit que pour qu'il y ait moins de chômeurs, il fallait que les gens travaillent plus et qu'on ait davantage le droit de licencier. Donc, si vous voulez, plus on fout de gens à la porte, moins il y aura de chômeurs selon lui. Eh bien j'ai l'impression qu'il y a un des deux cons entre lui et moi qui comprend pas ce qu'on dit. Touché oui, à la tête !

*

Le Premier ministre s'inquiète de l'augmentation des dépenses de la Sécurité sociale. Pourquoi, il est malade ?

*

Moi je veux bien qu'on n'ait pas le droit de rire, mais faut qu'ils arrêtent de nous chatouiller sous les bras aussi !

*

Il faut prendre la misère comme une philosophie et vous dire que l'argent fait sûrement le bonheur. De ceux qui en ont.

*

Partant du principe qu'il vaut mieux gâcher sa vie que rien faire du tout, on va continuer nous, qu'est-ce t'en penses ?

*

Il faut bien vivre, hein ? Et tant qu'à faire, autant vivre bien, hein !

*

Pendant 10 ans avant d'être connu j'étais comédien, je mangeais des sandwichs, parce que j'avais pas de ronds. Puis après j'ai mangé des sandwichs parce que je n'avais plus le temps de becter, ce qui fait que en fait j'ai été nourri entièrement au sandwich.

*

Si vous êtes cuistot, venez nous rejoindre aux Restos du cœur ! Enfin bon cuistot, parce qu'il ne faut pas non plus que ça devienne les Restos du haut-le-cœur !

*

Je suis la manivelle des pauvres : je leur remonte le moral.

*

Voici un communiqué de la sécurité routière : « L'année dernière on a sauvé 30 millions de vies humaines. » C'est malin, maintenant faut les nourrir !

*

Hier soir je suis allé bouffer au restau et après j'ai demandé à embrasser le chef. Bah oui, c'était tellement dégueulasse que lui et moi on est sûrs de pas se revoir avant long-temps !

*

En photo je rends bien. Après les repas aussi d'ailleurs.

*

Le barbecue, en gros, c'est un appareil qui te permet de manger des saucisses pratique-ment crues mais avec les doigts bien cuits.

*

En France, c'est interdit de parler la bouche pleine. En Italie, c'est interdit de parler les mains pleines!

*

J'ai été manger chez le pape. Qu'est-ce qu'il est sympa! Mais alors elle!

*

Les grands restaurants ne veulent plus d'Américains. La différence entre le dollar et le franc est tellement importante qu'aujourd'hui il y a des pauvres américains qui arrivent à se payer la Tour d'Argent! Ce qui fait qu'ils voient arriver des mecs en short avec des coups de soleil sur les bras, l'appareil photo pendu à la ceinture, un chewing-gum plus gros que la bouche et qui disent : « C'est nous on a réservé, on est les Américains! » Ils pètent à table, ils payent en dollars et ça leur coûte rien!

*

L'artichaut, le légume le plus sado-maso : d'abord on lui coupe la queue, ensuite on lui arrache les poils et seulement après on lui bouffe le cul!

*

Prenez donc un éclair, ils sont du tonnerre!

Les yaourts ont une date de garantie. C'est parce que c'est garanti ou remboursé les yaourts. C'est-à-dire que si vraiment tu meurs de ça, on te rembourse le yaourt.

*

Une maxime de crémiers : loin des œufs, loin du beurre.

*

Vous savez comment on appelle une frite enceinte ? une pomme de terre sautée.

*

Tu sais ce qu'il m'a dit Johnny Hallyday ? Il m'a dit « *moi tu vois, je fréquente personne dans le métier* », alors je lui ai dit « mais quand même tu connais vachement Carlos », il m'a répondu : « *mais il est pas du métier Carlos, c'est un ami* ».

*

C'est Francis Lalanne qui donne un concert dans un petit village. L'après-midi l'épicier voit arriver un mec qui lui dit :
— *Je viens acheter tout votre stock de tomates pourries, tout ce que vous avez !*
— *Ah ! je comprends, c'est pour aller au gala de Francis Lalanne !*

— Non. Je suis Francis Lalanne!

*

Régine, je l'ai vue au magasin essayer une robe et le vendeur qui la connaissait lui a dit :
— Alors, on vous donne votre taille tout de suite ou on bousille une fermeture Éclair?

*

Vous savez la différence entre Gainsbourg et un chameau? Le chameau peut travailler huit jours sans boire alors que Gainsbourg peut boire huit jours sans travailler!

*

Il y avait déjà des bas-résille, maintenant il y a des bas-Régine. C'est des collants chair, en plastique latex, que tu enfiles de force et ça tient bien la graisse... ça fait moins mou!

*

C'est normal qu'il dise du mal de moi, Collaro, qu'est-ce que tu veux qu'il dise? Il va pas dire du bien de lui quand même!

*

Collaro c'est un garçon qui a énormément de courage : tu en ferais, toi, de la radio si tu étais pas doué?

J'ai toujours eu l'impression que Collaro en tant que petit gros frisé il s'était dit « *c'est con, j'ai pas pensé aux lunettes!* ».

*

À propos de ringard, j'ai croisé un ancien comique. Il ne m'a pas dit bonjour. Si ça se trouve il a pas la télé!

*

Le principe fondamental de notre métier est qu'il ne faut connaître personne, il faut être connu de tout le monde.

*

J'ai vu un mec qui faisait un one-man-show au café-théâtre et qui bâillait! T'as qu'à voir l'état dans lequel on était dans la salle! Y a pas pire que ça. À part peut-être ceux qui ont vu des récitals de Régine ou des choses comme ça.

*

Quand j'étais au café-théâtre, j'ai vu un mec monter sur scène pour faire une photo de sa femme dans la salle. Évidemment pendant le spectacle!

*

Dans notre métier, même ceux qui bossent jamais ont des projets, alors t'imagines, ceux qui bossent !

*

Il faut se méfier des gens de bonne volonté parce que ça ne remplace pas le talent.

*

J'avais un copain au théâtre, tous les soirs il faisait un tabac et puis après il passait à la caisse. Et puis il y a des mecs qui sont venus, ils lui ont raflé la caisse et ils l'ont passé à tabac !

*

Faire un malheur au théâtre c'est faire plein de petits bonheurs.

*

L'art dramatique est le seul qui porte bien son nom. Parce que c'est vraiment dramatique.

*

Le problème de la Comédie-Française ? C'est que Molière soit mort !

*

Le jour où j'ai décidé que j'allais devenir comédien, je me suis dit : si je n'y arrive pas, je serai clochard mais j'irai plus bosser, c'est fini.

— *Si tu avais un conseil à donner à un jeune comédien?*

— Je lui dirais d'arrêter parce que c'est tellement facile qu'ils vont finir par y arriver ces cons-là.

*

J'avais mes premières affiches dans la rue qui étaient collées à hauteur d'homme. Un photographe m'a proposé de me mettre devant une affiche pour qu'il me prenne du trottoir d'en face. Le temps qu'il traverse la rue, qu'il installe ses appareils, tout ça, je poireautais tout seul devant l'affiche. Et il y a un bonhomme qu'est passé avec son gosse et le gamin a dit « *oh! regarde le monsieur il est sur l'affiche...* » et le père il a dit : « *ben va lui demander un autographe, tu vois bien qu'il attend que ça* ».

*

Moi, j'ai jamais travaillé. Vous savez à quoi on reconnaît le travail? C'est mal payé, c'est chiant et c'est long. Moi ce que je fais, c'est bien payé, c'est court et je me marre! Enfoirés, excusez-nous!

*

Je m'amuse où les autres travaillent, contrairement au gynécologue qui, lui, travaille là où les autres s'amusent !

*

Je ne suis ni pédé ni juif ni franc-maçon et pourtant j'essaie de m'en sortir quand même dans le music-hall !

*

Personnellement je ne le fais pas exprès, dès que j'ouvre la bouche, je dis des conneries. Avant je les disais, ça ne me rapportait pas un rond, maintenant je les dis, ça me rapporte de l'argent, mais pour moi ça n'a pas changé, je dis toujours autant de conneries.

*

Paul Lederman, mon agent, faut que je vous explique qui c'est : c'est celui qui s'occupe de mon argent en croyant que c'est le sien.

*

Lederman, mon imprésario... il compte toujours en anciens francs, lui. Il dit pas 10 000 francs, il dit un million... parce que plus les chiffres sont gros, plus il est content !

*

Coluche au théâtre du Gymnase, moi je

déconseille aux gens d'y aller. C'est pas drôle du tout! J'y suis allé hier, mais c'est pas drôle! Écoutez, c'est pas dur, au début du spectacle je me suis mis dans la salle et j'ai attendu. Il n'y a rien eu! Rien! Tu ne vas pas me croire, mais pour que les gens se marrent il a fallu que j'aille sur scène!

*

Au Gymnase chaque soir ils n'arrêtent pas de me faire des rappels. À tel point que hier soir pour pouvoir m'en aller j'ai été obligé de crier « Au Feu! ».

*

Monsieur Biderman de Bordeaux, la ville pas la couleur, voudrait savoir s'il reste des places au théâtre du Gymnase pour mon spectacle. Ça tombe très bien, nous sommes très bien placés pour répondre. Alors si vous voulez c'est bourré, complètement bourré même, mais ça manque d'émeute, alors ne vous gênez pas, venez armé et tirez si on vous donne pas de places!

*

Cher public, vos applaudissements me vont droit au cœur et droit au portefeuille de Paul Lederman!

*

Alors, le chemin de la richesse, c'est pas dur, je vais vous dire comment faut faire pour y aller : tu prends à droite, puis après tu prends à gauche, puis après tu prends en face, puis après tu prends derrière et quand t'auras pris partout tu seras bourré de pognon.

*

— Comment cela, vous me dites que vous n'avez encore jamais vu de billets de 150 francs, alors comment pouvez-vous prétendre que celui-ci est un faux ?

*

Deux choses importantes à acheter pour les années qui viennent : un bon plumard et une bonne paire de pompes. Parce qu'en général quand on n'est pas dans l'un, on est dans l'autre !

*

Vous savez pourquoi l'argent ne fait pas le bonheur ? C'est parce que c'est le bonheur qui fait de l'argent ! Toutes les loteries nationales et autres où on te vend du bonheur, tu peux pas savoir le pognon que ça rapporte ! Après on s'étonne que l'argent ne fasse pas le bonheur, mais c'est le contraire !

*

Michel Polnareff qui est revenu en France après 5 ans d'exil fiscal, a reçu la visite des huissiers qui ont embarqué tous ses meubles : *moi dans la chambre vide dans la maison vide je cherche une chaise pour m'asseoir...*

*

Lederman : si j'éternue, il touche !

*

Il y a mon imprésario qui est arrivé, il s'est fait couper les cheveux, dis donc qu'il est joli ! Tout ça c'est avec mon pognon en plus... et il se marre... c'est moi qui paye le dentifrice !

*

J'ai des copains qui mettent de côté du pognon que je gagne mais moi j'y arrive pas, c'est marrant, non ?

*

Lederman, je suis allé le voir chez lui l'autre jour. Il arrachait le papier des murs. Je lui ai dit :
— Tu changes le papier ?
— *Non, je déménage !*

*

31

Je devrais laisser parler un peu Lederman qu'il ait l'impression de gagner son fric honnêtement.

*

Super ces émissions pour chanteurs morts! C'est plus pour qui sonne le Glas mais pour qui sonne le Gala! Avec Mike Brandt, Claude François, Édith Piaf, Elvis Presley, Dalida, Jacques Brel, Joe Dassin et Hugues Aufray! Présenté en direct par Jean-Claude Brialy, la Mère-Lachaise! Et retransmis sur T'es Défunt, Antenne Dieu et France Croix!

*

Il est encore mort Mike Brandt? Mais alors c'est tous les jours!

*

Moi je connais le mec qui a lancé Mike Brandt. Pas par la fenêtre, hein, ça il s'est lancé tout seul!

*

Pour trouver l'âge de Jean Marais, qui veut jamais dire son âge, on se repère sur l'âge du cheval.

*

Ah bon, Jean Marais il est pas mort! Je savais pas. Mais lui, il le sait?

*

On me demande toujours : « *Mais comment vous faites pour faire autant de choses?* » C'est parce qu'on me paye, tiens! Et si on m'envoyait le double de fric pour que je foute plus rien, promis ça aussi je le fais!

*

On n'est pas payé pour ce qu'on vaut mais pour ce qu'on rapporte.

*

On dit qu'il vaut mieux faire envie que pitié, mais il est pas rare de s'apercevoir qu'en général, on fait envie à ceux qui font pitié!

*

C'est marrant à constater parce que finalement, Coluche il est plus connu que moi!

*

C'est complètement ridicule de gagner de l'argent sans avoir le temps de le dépenser! Mon imprésario a beau me dire que c'est pour le principe, pas pour l'argent, mais lui son principe premier c'est l'argent, alors!

*

C'est un mec qui passe devant la porte d'un pédicure et qui voit écrit dessus :
« Première consultation : 1 000 francs. 2e consultation : Moitié prix »
Il pousse la porte et crie :
— *C'est encore moi !*

*

Je suis pas antisioniste. Avec tous les imprésarios que je me trimballe... tu les mettrais bout à bout sur des roulettes ça fait quand même un train !

*

Lederman, il n'achète jamais de journaux, c'est trop cher. Il va les lire dans la salle d'attente des dentistes et quand ça va être son tour, il se barre !

*

C'est toi le neveu de mon imprésario ? Alors il t'a fait embaucher ici ? Il t'a pistonné ? Il fait oui avec la tête. Tu fous rien ? Non, il fout rien, oui. Il peut venir à l'heure, il peut même arriver en retard, toute façon il fout rien. T'es content ? Il est content. Ben c'est très bien. Il y en a qui cherchent du boulot, lui il cherche du chômage.

*

Qu'est-ce que t'as foutu toi hier soir ? rien ?
Et tu as fait ça tout seul ?

*

Tellement il est feignant, il fait même pas
son âge celui-là !

*

Oh ! dis donc, mon imprésario il s'est fendu,
il m'a fait un cadeau pour mon anniversaire :
il m'a donné un chèque de 100 sacs et il m'a
dit : « *tiens c'est pour Noël* ». Alors j'ai dit
« C'est pas Noël c'est mon anniversaire. » Il
m'a répondu « *oui mais à Noël je te le signe-
rai !* ».

*

L'anniversaire c'est un moment où on
s'achète des choses qui ne servent à rien pour
en foutre plein la vue à des gens qu'on peut
pas voir.

*

Le plaisir qu'on fait aux autres c'est égoïste,
c'est pour se faire plaisir à soi. Enfin si y a
plein d'égoïstes qui peuvent me faire des
cadeaux, j'ai rien contre.

*

Moi la seule chose qui me fasse rire dans « le

schmilblick », c'est que j'en ai vendu tant que ça !

*

Quand on m'a dit qu'ils avaient parlé de moi à RTL j'ai cru que j'étais mort. Pour qu'ils parlent de moi à RTL il faut au moins que je sois mort !

*

Je voudrais faire une annonce personnelle : Mesdames, Mesdemoiselles, Messieurs, Français, Françaises, vous qui écoutez Europe 1 actuellement, je voulais vous dire quelque chose de très important pour moi et mes camarades. Ici il fait chaud, on est très bien considérés et on est payés en plus, alors si vous pouviez rire, ça nous arrangerait, merci !

*

— *Bravo pour votre émission c'est plus drôle que Drucker.*
— Oh ! vous savez, on a un accord : Drucker il essaye pas d'être drôle, et nous on n'essaye pas d'être chiants !

*

— *La Province est au bout du fil !*
— Si elle pouvait descendre du tabouret pour éviter de se pendre !

*

— Une auditrice qui nous appelle d'où ?
— *De La Réunion !*
— Et alors, il y a du monde à La Réunion ?
— *Plein !*
— Et qu'est-ce que vous avez décidé ?

*

Une auditrice nous écrit : « À chacun de nos rendez-vous je trouve mon petit ami mal rasé... » C'est bien fait, elle n'a qu'à arriver à l'heure !

*

Je veux bien faire des réponses intelligentes mais posez pas des questions idiotes.

*

Je voudrais dire à l'auditrice malvoyante qui a appelé tout à l'heure et qu'on essaie de rappeler depuis un quart d'heure qu'elle est aussi mal entendante !

*

— *Coluche, excuse-moi de t'interrompre, mais si on mettait un disque...*
— Oui, il faut bien que les gens aillent pisser !

*

Nous avons un auditeur au téléphone :
— *Allô monsieur, ma femme m'emmerde tout me fait chier, que dois-je faire ?*
— Vous avez un fusil, prenez-le, tirez dans le tas et sautez par la fenêtre. Euh... vous habitez haut ? aaaaah ! trop tard il est chez les têtes en os...

*

— Salut, tu fais quoi comme métier ?
— *Je suis mécanicien à Air France...*
— Ah bon, tu voles alors ?
— *Non.*
— Allez avoue, tu voles bien un petit bidon de temps en temps !

*

— C'est quoi ce disque, je le connais pas.
— *C'est neuf.*
— Ah bon, ça vient d'être pondu alors !

*

— *Bonjour Coluche, c'est David...*
— David Quoi ?
— *David Levy.*
— Ah, tu es juif ?
— *Non, pas du tout.*
— C'est pas de bol ça, en pleine saison !

*

38

Les poumons d'acier, respirez un grand coup
on va couper le courant une minute !

*

ON M'A VOLÉ MA MOTO hier ! Alors je voulais dire au voleur, je vais en acheter une
autre, s'il a une préférence pour la couleur,
qu'il m'écrive !

*

— *Quel est ton sport favori ?*
— La télé.

*

Je veux bien faire du sport, à la rigueur
même regarder, mais courir, non !

*

— *Pourquoi est-ce que tu ne fais que de la
moto comme sport ?*
— Parce que c'est la moto qui fait l'effort !

*

— *Tu as fait quoi comme sport ?*
— J'ai été gardien de goal. C'est-à-dire que
j'allais au foot avec un copain qu'était goal.

*

J'ai été goal au hand. Les gars jettent la balle
de toutes leurs forces et elle est en cuir, la
balle. Quand t'en as arrêté une, tu arrêtes

d'être goal. Moi j'en ai arrêté une, je me rappelle, avec l'œil droit. Le gauche l'a jamais reconnu.

*

Hier un boxeur a gagné aux points. J'aurais été étonné qu'il gagne aux pieds !

*

Est-ce que tu connais la différence entre un sportif amateur et un sportif professionnel ? Le sportif professionnel est payé par chèque.

*

J'ai connu un mec qui pour rassurer sa mère après un match de boxe lui a dit :
— *J'ai pas gagné mais j'ai fait deuxième !*
Tu sais que pour être troisième à la boxe, il faut être balèze.

*

C'est pas de sa faute non plus à Pecci s'il a perdu contre Bjorg. Tu as vu l'ambiance qu'il y avait là-bas, à Roland Glabros ? les gens ils criaient pète chie, pète chie, pète chie, mon vieux, le pauvre, il savait plus quoi faire !

*

Des nouvelles du sport : le champion de saut à la perche est-allemand est devenu aujourd'hui le champion de saut à la perche d'Allemagne de l'Ouest!

*

Le golf, c'est un jeu qui consiste à taper avec une canne dans une petite boule d'environ 8 centimètres de diamètre posée sur une grosse boule de 40 millions de kilomètres de diamètre sans toucher la grosse boule.

*

Des progrès dans le sport en Belgique au championnat de natation, pour la première fois cette année, il n'y a pas eu de noyé.

*

Nous en France, nos boxeurs ils sont telle-ment souvent KO qu'il paraît que les spon-sors songent à mettre de la publicité sous leurs chaussures.

*

Tennis : Lecomte tout content de faire le break! Il aurait eu la galerie et la remorque, il partait tout de suite en vacances!

*

Le hockey sur glace, c'est du sport en frigo.

*

Définition de la planche à voile : une espèce de truc qui flotte, que les nageurs prennent derrière la tête, et que les mecs disent « *oh! pardon je sais pas m'en servir, c'est normal, je l'ai achetée hier!* ».

*

Vous voulez que je vous donne un petit tuyau pour jouer au tiercé? Il faut jouer le 7 le 8 et le 18. Enfin si vous voulez gagner vous faites ce que vous voulez, mais si vous voulez jouer seulement, vous pouvez faire ça!

*

Le chiffre d'affaires du PMU baisse de moins trois pur-sang.

*

Il paraît que les chevaux, si on les lâchait sans les jockeys, ça serait dur de parier, mais tant qu'il y aura les jockeys, ça ne sera jamais qu'un jeu.

*

Vous savez ce que c'est qu'un concours hippy? c'est une course de cheveux!

*

— Tu sais que la France a gagné 5 à 0 hier?
— *Mais ils n'ont pas joué!*

— C'est pas grave. Quand on est supporter, on est de mauvaise foi !

*

6-4, c'est bien comme match nul. Au moins il y en a un qui gagne.

*

Ce soir le Paris-Saint-Germain rencontre Auxerre. Enfin une chance de gagner pour la France !

*

Foot ce week-end au Parc des Princes. Retenez vos places ! Retenez même bien vos places parce que sinon elles vont s'envoler ! Avec le vent qu'il y a ! Le mieux c'est même d'aller directement dès maintenant au Parc des Princes vous asseoir dessus pour les retenir.

*

Monsieur Météo : on attend beaucoup de rafales de vent...
— Et dernière ?

*

Tu sais pourquoi il fait pas beau dans le Nord ? Parce que quand le soleil arrive et qu'il voit qu'il pleut, il se casse !

Le temps se couvre. Il a raison avec le temps qu'il fait.

*

On a un très bel hiver, même qu'il y a long-temps qu'on n'en avait pas eu un comme ça, ou alors peut-être l'été dernier. C'est quand même une preuve qu'on peut s'amuser puis avoir de l'humour quand même.

*

À la télé ils disent rien : c'est normal y a trop de gens qui regardent.

*

Je vous raconterais bien une connerie mais vraiment y en a plein les journaux.

*

Ça c'est bien les journalistes ! Écoutez : « Un maçon tombe d'un toit sans se blesser ! » Évi-demment, c'est jamais en tombant du toit qu'on se blesse, c'est toujours en touchant le sol !

*

À propos de certains journaux, je les verrais bien emballer le poisson, moi. Faut bien qu'ils vivent, encore que personnellement je préférerais qu'ils crèvent. La bouche ouverte de préférence.

*

Les journalistes quand on les a, on s'emmerde avec, mais quand on les a pas, hein, c'est pire !

*

Ce qu'il y a de mieux dans les journaux cette semaine ? Comme d'habitude, la gonzesse de *Play-boy* !

*

France-Soir titre « Le baron Empain reprend son empire en main » ? Empain, le mec à qui on a coupé un doigt, moi personnellement, j'aurais pas osé la faire celle-là !

*

Tu sais pourquoi la télévision remplacera jamais les journaux ? Parce que tu peux pas emballer le poisson avec un téléviseur.

*

Tu connais la différence entre les parasites à la radio et les parasites à la télé ? À la télé on voit les parasites.

*

Christine Villemin et son gamin en couverture d'un journal qui sent le poisson. Il paraît que le reportage a été vendu 30 briques. Il a intérêt à se cramponner le gosse, parce qu'avec trente briques autour du cou...

*

Eh oui, ils le croient les gens, ce qu'il y a dans *France-Dimanche,* tu as raison. Et tu sais pourquoi ? Non ? Parce qu'ils sont aussi cons qu'eux !

*

Heureusement qu'il y a la réalité de tous les jours pour nous distraire de toutes les cochonneries qu'on entend à la radio et qu'on voit dans les journaux !

*

La télé, à la rigueur je veux bien en faire, mais je veux pas la regarder !

*

Alors d'après un sondage, hier soir il y avait 23 % de téléspectateurs qui regardaient la une, 26 % qui regardaient la deux et 44 % qui regardaient la télé éteinte. C'est trop. Il y a encore trop de gens qui regardent la télé sans l'allumer !

*

La particularité quand on est p.-d.g. d'une chaîne de télévision, c'est qu'il faut frapper à son propre bureau avant d'entrer. Je vais vous expliquer : vous frappez à votre bureau, si jamais vous entendez « entrez », à ce moment-là vous n'entrez pas, vous allez vous inscrire directement au chômage.

*

Le journal télévisé c'est extraordinaire. Tu regardes le journal télévisé, tu te dis, si c'est Fellini qui a fait le texte et la mise en scène eh ben ils sont balèzes les acteurs.

*

Dans le courrier on me demande souvent où je vais chercher toutes mes conneries. Je vous réponds, ouvrez bien vos oreilles.
— *Explosion dans les hauts fourneaux de Thionville. Les trois hauts fourneaux ont été arrêtés.*
— *Dans le* Provençal *: La victime avait aussi un trou de balle dans le bas du dos.*
— *Dans la* Liberté *: Un jeune homme s'empoisonne et se jette dans une rivière. L'enquête penche pour le suicide.*
— *Dans le* Républicain Lorrain *: Le mystère de la femme coupée en morceaux reste entier.*
Vous voyez ce que je veux dire. Parce que la presse, s'ils veulent jouer au plus con, ils ont pas perdu, là !

*

J'ai lu dans un journal que le trou noir attire la matière... je vous ferai une conférence là-dessus !

*

Très jolie coquille dans *France-Soir* ! Dans le petit encadré Discomania, colonne de droite, on lit que les Village People font un malheur en ce moment. Je cite : « Ce groupe avait une cible bien précise : le public homosexuel qui fréquente... », alors là je pense que c'est les boîtes qu'ils ont voulu dire mais ils ont oublié le « O »...! Très belle coquille donc — déjà le mot « coquille » faut pas oublier le Q. Bon, je continue donc, disons « les bOîtes les plus folles de New York ». Et alors la ligne d'après, on retrouve le O qui manque, nouvelle coquille, au lieu d'écrire « le but est atteint » ils ont écrit « Le bOut est atteint » ! Superbe, c'est un triomphe, deux coquilles en cinq lignes !

*

Dernière nouvelle : une taxe de 1 franc belge frappera les personnes ivres transportées par les véhicules de police. Ben pour un balle, bourrez-vous la gueule, ça vaut pas le coup de s'en priver.

*

J'ai entendu dire que le trésorier de la ligue antialcoolique du Pas-de-Calais, ni plus ni moins, avait été attrapé raide bourré, deux grammes six d'alcool dans le sang, ce qui lui laisse un gramme quatre de sang dans son alcool! Ça va pas fort le chômage en ce moment, encore un chômeur de plus!

*

Le maire du village de Vron a voulu démasquer un voleur et il a proposé une rançon pour qui le dénoncerait. Tout le village a balancé : la boulangère couche avec le notaire, le 16 couche avec le 7, la bonne sœur je me la suis tapée... c'est à croire qu'à Vron il y en a encore qui cachent des juifs en leur faisant croire que la guerre n'est pas finie.

*

« Un Arabe torturé dans l'arrière-salle d'un bar marseillais. » Il y a deux choses que j'aimerais pas être à Marseille : Arabe et Marseillais!

*

C'est ça le problème à la télévision : il y en a tout le temps qui gueulent : « Oh, on passe des films cochons avec le carré blanc en travers, ah, on passe des films de violence, tout ça!... » Mais qu'est-ce tu veux faire, dans un pays où les flics violent dans les commissariats, c'est pas la peine d'interdire la télé!

*

49

7 enfants martyrs par jour en France en moyenne, 15 morts depuis le début de l'année et on passe ça sous silence ! Les gosses entrent à l'hôpital et devant il y a écrit : « Hôpital, silence ».

*

Un maton s'est fait gauler avec 10 kilos d'héroïne ! Encore un ouvrier qui va coucher sur son lieu de travail !

*

En France les gens commencent à s'intéresser à la pollution trois mois par an, en juin, juillet et août.

*

Tu as vu ça, maintenant le prix du paquet de Gitanes ! Ça fait cher le cancer !

*

Non mais tu as vu ça : un jeune banquier viré parce qu'il était coiffé en iroquois ! Parce qu'il avait les deux côtés rasés avec la touffe de cheveux au milieu ! Moi mon banquier il porte la bande de cheveux en rond autour de la tête et il est chauve à l'intérieur et lui on le vire pas ! Je voudrais bien savoir pourquoi on accepte la bande autour et pas au-dessus !

*

On apprend qu'un animateur de TV Suisse s'est endormi hier soir à l'antenne ! Il devrait faire un direct de son lit : ça lui reposerait les jambes !

*

Un hebdo titre : « Traître ou victime, toute la vérité sur Pétain ! » Je voudrais bien savoir où, dans la déontologie professionnelle les journalistes trouvent le culot de dire la vérité 40 ans après. Ils ont mis 40 ans à trouver la vérité ou ils se sont déballonnés pendant 40 ans ? Ils n'attendent pas 40 ans pour se foutre de notre gueule en tout cas !

*

Fait divers ce matin dans le journal : « Une femme qui voulait se suicider a sauté du dix-septième étage. Et le vent l'a rabattue sur le balcon du seizième étage. » Elle est quand même morte mais d'un arrêt du cœur ! Vous vous rendez compte pour mourir de peur en tombant d'un seul étage, moi je ne me serais pas crevé à monter au 17e, j'aurais sauté du rez-de-chaussée !

*

Ce matin dans le journal on apprend qu'une femme de ménage a trouvé 10 000 francs qui traînaient dans la poubelle d'une banque. Elle les a redonnés au directeur qui, pour la remercier, lui a offert un paquet de bonbons.

Un conseil donc aux femmes de ménage : si vous trouvez 10 000 francs dans une poubelle, mettez-les dans votre poche ! Moi j'aurais trouvé rien que le paquet de bonbons, je le gardais, c'est pour dire !

*

58 % des mecs sont pour la peine de mort en France. À mon avis c'est 58 % de mecs qui croient qu'on ne tue que des Arabes dans ces trucs-là !

*

J'ai vu qu'ils allaient mettre des peines de prison pour les mecs qui conduisaient en état d'ivresse. C'est bien ça, ça va résorber le chômage : il va falloir construire des prisons !

*

« Des bons du trésor volés pour une valeur de 55 milliards de francs » : quand les bons volés font 55 milliards, c'est qu'il n'y a pas que des bons volés, mais qu'il y a aussi de bons voleurs !

*

— J'ai eu la visite de deux faux policiers hier soir !
— *Comment tu as su qu'ils étaient faux ?*
— Facile. Ils étaient sympathiques, sobres, attentionnés et agréables.

J'ai connu un flic, il était tellement con que quand par hasard il disait quelque chose d'intelligent, il se retournait pour voir si c'était pas quelqu'un d'autre qui l'avait dit.

*

Tout le monde n'a pas d'humour, hein. Y en a qui ont des képis !

*

Les flics ont fait une manif pour dire qu'ils étaient trop vieux et trop peu. Tu vois que c'est moi qui avais raison.

*

Le lièvre et la torture : commissaire de courir, il faut partir à point.

*

Deux mois après que le gouvernement a demandé à la police de lever un peu le pied sur les violences, on peut à notre tour donner un conseil au gouvernement : donnez plus de conseils aux flics, donnez-leur des Sonotones !

*

Les flics, on dit que c'est des cons mais c'est

pas vrai! Moi, j'ai parlé avec celui qui sait écrire, il est formidable! Évidemment, il pourrait pas être ouvrier, mais en bière il s'y connaît!

*

Il faut quand même être con pour se faire flic parce que comme on prend les flics pour des cons, il vaut mieux éviter de faire ce boulot-là quand on n'a pas l'intention de passer pour!

*

Vous savez ce qui frappe le plus les Algériens qui viennent en France? C'est la police!

*

Coluche condamné par un tribunal à 60 heures de travaux d'intérêt général pour insulte à policier :

L'avocat général m'a reproché de rire de tout, y compris de la police et de la justice. C'est sûr que si on attendait après la justice pour se marrer! Il faut mieux qu'ils jugent. Même si c'est discutable, au moins ça ils savent le faire!

— J'ai été condamné à faire 60 heures de spectacle gratuites dans les maisons de vieux. C'est mon travail d'intérêt général. Si je fais appel, on remplacera ça par 60 heures de jardinage.

54

— Ils te l'ont dit ?
— Non. Mais les feuilles mortes se ramassent à l'appel !

J'ai décidé de faire 60 heures de spectacle d'affilée dans le même asile de vieux. Comme ça il y en a bien huit ou neuf qui feront une crise cardiaque. Et là, ça sera vraiment dans l'intérêt général ! Allez circulez les vieux, y a rien à voir !

J'ai aussi été condamné à verser 1 000 francs au flic. J'ai accepté. Ça me fait de la pub. Et puis l'agent n'a pas d'odeur.
Je suis ressorti du tribunal sans mal. Le plaignant lui, il est ressorti, il était encore flic. Je ne sais pas finalement lequel de nous deux est le condamné !

***

Le flic qui a violé des filles, ils l'ont fait passer devant un psychiatre pour savoir s'il n'était pas dingue. C'est marrant ils font toujours ça après, pourquoi ils le font pas avant ? Il y aurait peut-être moins de monde dans la police !

*

« Les flics réclament justice »... mais enfin si on leur donne y en a combien qui vont aller en taule ?

*

Les flics s'étonnent qu'il n'y ait jamais de témoins dans les affaires. Comme s'ils ne savaient pas que le pire des dangers en France c'était d'être attiré par des flics dans un commissariat!

*

Vous avez des flics bien frais? oui. Donnez-m'en un car!

*

Défense de cueillir des noisettes sous peine d'amandes!

*

Maintenant en cas d'alcootest positif, le retrait de permis pourra être immédiat. Pourquoi ils ne foutent pas un flic dans chaque bistrot pour arrêter les chauffards directement?

*

J'ai un copain l'autre jour il était bourré, mais bourré... comme quand on conduit!

*

J'ai un conseil à donner aux automobilistes qui veulent garder leur voiture en parfait état jusqu'à la fin de leur vie : roulez bourrés. En roulant bourré, votre voiture sera comme neuve jusqu'à la fin de vos jours, mais la fin de vos jours risque d'être rapide!

*

Savez-vous ce que les Belges font des vieux camions de pompiers qui ne marchent plus? Ils les gardent pour des fausses alertes.

*

Il y a un truc qui me gêne terriblement chez les automobilistes, c'est qu'ils font semblant de ne pas se voir. Quand ils sont tous les deux l'un à côté de l'autre et que celui qu'est à droite veut tourner à gauche et que celui qu'est à gauche veut tourner à droite, ils font semblant de pas s'être vus et ils essayent de s'avancer le plus près possible pour que l'autre ne puisse plus bouger.

*

Je vais vous donner la meilleure définition que la sécurité routière ne m'a pas encore gaulé : c'est un mec dans une bagnole qui a un train à prendre et il dit : « *Chauffeur, roulez doucement, je suis pressé...* ».

*

C'est un Belge qui dit à un autre :

— Tu vois ma nouvelle Porsche ? On peut facilement monter jusqu'à 200...

— Ben dis donc, on doit être vachement tassés !

*

Envoyez-moi la marque, l'année et le mois de votre voiture, je me suis spécialisé dans le thème astral des bagnoles. Alors ce mois-ci pour les Peugeot qui sont Taureau, c'est très grave ! Les Renault Balance ça ira, quoique Balance il faudra quand même se méfier dans les virages ! Enfin un conseil pour toutes celles qui sont Poisson : attention si vous sortez le vendredi !

*

J'ai un copain, il avait une bagnole tellement petite que quand il montait des gonzesses, il était obligé de regarder *Union* pour savoir dans quelle position les mettre.

*

Je me suis fait rentrer dedans par un taxi qui roulait à fond. J'ai pas eu de cul, hein, pour une fois qu'un taxi roulait vite !

*

Le violon, pour les aveugles faut se méfier. Paraît que c'est très dangereux le violon...

58

ben t'as pas vu dans le métro, y a que des aveugles qui jouent!

*

Une pour le métro parisien: Comme disait Réaumur Sébastopol, pas de nouvelles, Bonne nouvelle!

*

On parle souvent du boulevard des Filles-du-Calvaire mais on parle pas souvent du calvaire des filles du boulevard!

*

J'ai trouvé le truc pour empêcher les morts dans les accidents d'avion! Il faut serrer les passagers le plus possible dans l'appareil, les mettre côte à côte et les uns sur les autres et ils ne risqueront plus rien en cas d'accident. Eh oui, regardez les boîtes de sardines, vous pouvez les jeter violemment par terre, y a jamais de blessés!

*

Vous avez de l'albumine, c'est-à-dire des blancs d'œufs dans les urines? Épousez une fille qui a du diabète et faites des blancs en neige!

*

59

Vous êtes des liasses, vous avez des gros billets !

*

Proverbe hippy : Si c'est Pierre qui roule, mets-le sur l'oreille, tu le fumeras demain !

*

Il paraît que la pêche est ouverte... on lui voit même le noyau.

*

J'ai toujours aimé les escargots, j'ai un petit faible pour les campeurs.

*

Les premiers ils sont faciles à compter sur les doigts du pouce.

*

Au nom d'une paire, du fisc et des simples d'esprit, ainsi soit-il !

*

Accusée de tenir un hôtel borgne, elle déclare que depuis qu'elle avait perdu un œil, elle ne pouvait plus trop surveiller ce qui se passait chez elle, et préférait fermer l'autre œil.

Accident en Belgique : une femme est tombée de l'échelle en repassant ses rideaux.

*

C'est bizarre de commencer une grève de la faim, ça dépend comment on écrit fin tu me diras, mais quand même, c'est bizarre comme expression.

*

C'est un Belge qu'a une paire de chaussettes avec une rouge et une verte. Un autre lui dit :
— *Ça doit être rare une paire comme ça !*
— *Pas du tout, j'en ai une autre paire à la maison !*

*

Qu'est-ce qui rentre sec et dur et qui sort mou et mouillé ? Un chewing-gum !

*

C'est un mec qui est au bar avec un copain noir. Il lui demande :
— *Et toi, tu aimes faire l'amour ?*
— *Oh oui ! Je le fais toujours dans la joie et la négresse !*

*

C'est un type qui dit à un de ses copains :
— *Je vais divorcer.*
— *Ah bon ?*
— *Oui. Tu supporterais toi, d'être avec quelqu'un qui boit, qui fume et qui rentre à n'importe quelle heure ?*
— *Non !*
— *Eh bien ma femme non plus.*

*

— *Quel est le type de femme que tu préfères ?*
— *Les femmes qui n'ont pas de type !*

*

— *Coluche, qu'est-ce que tu penses des femmes au foyer ?*
— *Je pense qu'il faut rajouter des bûches !*

*

J'aime bien l'amour tel qu'on le pense, mais j'aime aussi l'amour tel qu'on le fait.

*

Tu connais l'histoire de l'écrou qu'était amoureux d'une clé à molette et qui lui dit « *serre-moi fort* » ?

*

Ceux qui ont le plus de mal à être amoureux, ce sont les médecins. Parce qu'une fois que tu sais qu'une gonzesse ça a 7 mètres d'intestin grêle, 3 mètres de gros intestins, 150 mètres carrés de poumons si on développait tout, 7 litres de sang, 1 litre d'urine et 90 % d'eau dans le tout, tu sais que pour tomber amoureux...

*

Il y a des mecs qui ne font l'amour que bourrés. Bah oui, toutes les femmes ne sont pas belles...

*

J'ai un scoop! Le sexe masculin n'est pas un muscle! Sinon avec toute la gonflette que je lui ai fait faire depuis que je suis gosse, maintenant j'aurais une troisième jambe!

*

Tu as remarqué? À chaque fois qu'on dessine un martien, il est beaucoup plus intelligent que les hommes et beaucoup plus moche qu'eux. Comme quoi les hommes sont très cons : la seule chose qui compte pour eux c'est d'avoir l'air beau à côté des femmes!

*

Tu sais qu'il y a une grosse différence entre

les hommes et les femmes? Enfin je parle
pour moi!

*

Moi je ne connais que des mecs qui baisent
plusieurs gonzesses et ils arrivent pas à
croire qu'on baise la leur. Ils savent pas
compter ou quoi?

*

Des Gentils Membres et des Gentils Orifices,
voilà ce qu'il faut pour faire un joli club.

*

Vive la Partouze, l'Amour avec un grand tas!

*

Il paraît que les brunes sont plus intelligentes que les blondes. Je sais pas moi, ma
femme a été les deux!

*

C'est un mec qui caresse le cul d'une gonzesse et qui dit : « *Ah! si t'avais ça dans la cervelle!* »

*

Je me rappelle d'un mec qui disait à une
bonne femme :

— *C'est marrant, je ne vous remets pas.*
— *Ben il fallait pas commencer!*

*

Vous savez ce que c'est qu'une vieille fille?
C'est la veuve d'un célibataire!

*

Je les aime bien les futures mamans, mais
longtemps avant, quand elles prennent
encore la pilule.

*

Vous savez comment on appelle un homme
qui a les deux yeux dans le même trou? Un
gynécologue!

*

Ce que je pense des prostituées : plus elles
sont belles mieux je me porte!

*

J'ai un copain qui pouvait pas avoir d'enfant.
On l'appelait bout filtre.

*

J'ai repéré que dans *la Centrale des Particuliers*, maintenant y avait des annonces de
mariage. C'est certainement des dernières

occasions, il n'y a pas de premières mains là-dedans !

*

Envoyez une demande de renseignement à « Trait d'Union », 10, rue Duvergier et vous recevrez un journal où il y a des annonces d'échanges sexuels c'est-à-dire où vous trouverez des hommes qui cherchent des femmes, des femmes qui cherchent des hommes, des couples qui cherchent des couples, etc. et si vous avez perdu votre chien vous pouvez aussi y mettre une annonce. À condition qu'il soit gros et bien membré...

*

Mourousi va se marier ! Avec une femme en plus ! Espérons que les deux robes de mariées seront prêtes à l'heure.

*

Yves Mourousi va épouser Véronique d'Alençon à Nîmes. On a compté, ça fait environ 800 kilomètres d'Alençon à Nîmes, il aura le temps de réfléchir à ce qu'il va dire !

*

Brigitte Bardot sera la marraine des enfants d'Yves et de Véronique Mourousi. Pour le cas où ce seraient des phoques.

*

Mourousi et sa femme s'entendent parfaitement sur le plan sexuel : ils réussissent à avoir chacun mal à la tête en même temps !

*

Ça y est, Mourousi est marié ! Espérons qu'il ne perdra pas les pédales !

*

Ah ! il va se marier, Dave, hein, ça y est, il va se marier ! Mais il peut pas tout de suite parce que sa femme n'est pas finie d'opérer, c'est pas sec.

*

Dans le journal : « Nicoletta enfin maman ! Elle s'est battue pendant deux ans pour avoir son enfant. » J'appelle pas ça se battre, moi, pour commencer et ensuite je trouve ça très drôle comme titre « Nicoletta enfin maman ! ». Tout ce qu'on peut dire c'est que c'est pas faute d'avoir essayé !

*

Lady Di est maman ! La reine d'Angleterre serait venue la voir à la maternité et se serait exclamée :
— Le bébé a déjà dix doigts de pied ! Comme ça pousse vite !

Régine a fait un film qui s'appelait « Sortie de secours » et qui a fait 32 entrées sur la France. Sur la France! C'est le record du monde! Heureusement qu'elle a un peu de famille! J'ai un copain qui y est allé une fois pour voir le film, il a demandé à quelle heure était la séance, on lui a répondu : « C'est quand vous voulez! » Évidemment les bides hein, ça se mesure!

*

— Ah! Régine et ses pulls en poils de chameau...
— *Elle a des pulls en poils de chameau?*
— Bah oui, et il y a encore les bosses!

*

Régine, elle chante pour tuer le temps. Elle a une arme redoutable, hein, je ne voudrais pas être le temps, moi!

*

Régine, il paraît qu'elle est en travaux en ce moment, elle se fait refaire le portail. Et on peut pas lui parler en plus : elle est fermée pendant les travaux! Pas sa boîte hein, c'est elle qui est fermée! Elle a tellement grossi, il paraît, qu'elle se fait tout livrer. Elle ne peut plus sortir de chez elle. Elle devait venir mais Allô Fret est en grève!

*

Je viens de croiser Régine qui revenait de l'institut de beauté. À mon avis c'était fermé.

*

C'est Gainsbourg qui rentre à la maison avec deux pneus neufs et Jane Birkin lui dit :
— *Mais tu es fou ! Tu sais bien qu'on n'a pas de voiture !*
— *Mais toi, tu portes bien des soutiens-gorge !*

*

J'ai eu un coup de fil de Carlos, il sort de deux semaines dans une clinique d'amaigrissement, il m'a dit qu'il avait fondu de moitié.
— *Et qu'est-ce que tu lui as dit ?*
— Qu'il aurait pu y rester deux semaines de plus !

*

Carlos a voulu prendre une jeune femme sur ses genoux hier soir. Malheureusement il y avait déjà son ventre !

*

— *En couverture de* Télé Poche, *tu sais pas qui c'est ?*
— C'est pas moi.
— *Non, c'est pas toi, c'est Chantal Goya.*
— Oh, elle a eu un accident ?

*

Je n'ai rien contre Chantal Goya, je trouve simplement que c'est le genre de nana que tu peux emmener au cinéma si tu as envie de voir le film !

*

Il paraît que Jean-Jacques Debout ne peut pas s'endormir sans oublier tous ses soucis : Chantal Goya refuse de dormir seule !

*

Alice Sapritch enfermée dans le noir pendant quarante jours. Oh, les pauvres 40 jours !

*

Bouvard a dit qu'il me connaissait pas ? Mais c'est normal, mon vieux, il peut pas aller au théâtre : il voit rien.

*

Il y a une bonne femme qui m'a envoyé une paire de chaussons, du 162, je vais en envoyer un à Bouvard, ça lui fera un deux-pièces.

*

Conseil aux petits barbus : laissez-vous plutôt pousser les jambes !

*

Comme disait Yul Brynner, on est peu de chauves !

*

Danièle Gilbert ? On dirait une brouette qu'a perdu une roue.

*

On apprend que Danièle Gilbert a un rhume de cerveau... normal, les microbes s'attaquent toujours à la partie la plus faible de l'organisme !

*

Dans le journal : « Caroline de Monaco en négligé : l'allure d'une star ! » Tu as raison, avec le négligé qu'elle s'est offert, dis donc déjà, tu peux aller trois mois en Corse ! Et à l'hôtel, pas au camping !

*

J'aime beaucoup Albert de Monaco, mais ils devraient quand même arrêter de se marier entre eux, ça les esquinte !

*

J'échangerais bien deux vieilles contre Deneuve !

*

Je veux pas citer de nom mais je connais un
imprésario, le jour où il a enfin couché avec
sa femme, il a fait cocu plus de la moitié du
Top 50 !

*

Je vais vous dire, vous ne le répéterez pas,
mais il y a Eddy Mitchell qui m'a dit un jour :
« Tiens, passe-moi une cigarette. » C'est pour
vous dire si je connais les artistes !

*

N'écoutant que sa conscience, et respectant
les économies d'énergie, hier, Jean Lumière
s'est éteint.

*

— *Coluche, tu aimes les bêtes ?*
— Oui. Mais pas toutes. J'aime principalement les bien cuites, les chevreaux, les
lapins.

*

Aujourd'hui c'est la Toussaint, c'est la fête de
tout l'essaim et j'en profite pour dire bonjour
aux abeilles !

*

J'ai été très étonné par la malpolitesse des
lions : quand le vieux dompteur est entré
dans la cage, tous les lions se sont assis, et le
vieux dompteur est resté debout !

*

Les perroquets, on dit toujours : « ils parlent
mal, ils parlent mal », mais non, ils
apprennent la langue, ils sont loin de leur
pays.

*

Pourquoi les poules ne se mouchent pas ?
Pour que les œufs aient du blanc !

*

Vous connaissez le truc qui permet de lancer
un œuf au-dessus de son épaule sans le casser ? Il faut le lancer quand il est encore à
l'intérieur de la poule !

*

Tu sais pourquoi on appelle les zèbres des
zèbres ? Parce qu'au début y a un mec qui les
a vus passer et il a dit : « oh ! regarde ces
drôles d'animaux, ils courent comme des
zèbres ! » et ça leur est resté.

*

Tu sais comment elles font les mamans

visons pour avoir des petits visons? Elles
font comme les femmes pour avoir des
visons.

*

Les boxers au départ c'est des chiens ordinaires. Sauf qu'ils ont pris une porte dans la
gueule quand le cartilage était pas sec.

*

Les chiens, il y en a des bien! Regarde les
bassets par exemple, c'est des chiens qu'ils
élèvent dans des tuyaux. C'est avec l'héritage
de Pompidou qu'ils font ça. Avec les premiers tuyaux, ils ont fait Beaubourg et avec
le reste, ils élèvent des bassets!

*

Comment les hérissons font pour se repro-
duire? très doucement.

*

Un pigeon voyageur et une alouette recom-
mandée.

*

Il y a très peu de place dans une clarinette
pour les canards, c'est pour ça qu'ils
gueulent!

C'est une histoire vraie, j'avais une copine qu'habitait à côté du Jardin des Plantes. Et un jour y a un iguane qui s'est échappé et il est rentré dans la chambre de ma copine, par la fenêtre. Il est monté au mur, un iguane c'est son métier, il est monté au mur et il est rentré dans la seule chambre qu'était ouverte et il s'est mis sous le lit. Et dans le journal il y avait un entrefilet : « mademoiselle Untel, quelle ne fut pas sa surprise de rencontrer dans sa chambre le soir en se déshabillant un gros iguane ». Et elle a reçu des lettres immondes de mecs qui disaient « moi j'en ai un d'iguane si tu veux voir, viens, il est comme ça, il est gros comme ça il a des yeux qui bougent, il a des pattes qui font cricrik ». Elle a reçu des lettres odieuses de mecs qu'avaient tous un iguane à fourguer. « Le mien il est vert, il change de couleur, faut pas le mordre », etc. enfin, tu vois, des lettres à base d'iguane quoi !

*

Une pensée émue pour la société protectrice des sapins : à Noël plusieurs de mes camarades sapins se sont fait enguirlander et c'est normal qu'ils aient les boules !

*

Les choses sont très bien réparties dans la nature. Dieu a mis les pommes en Norman-

die parce qu'il sait que c'est là-bas qu'on boit
du cidre !

*

Au pôle Nord, il fait tellement froid que les
flammes gèlent. Ils sont obligés de souffler
les bougies avec un couteau !

*

Tout ce qui est drôle me fait rire, surtout
quand c'est des Français dont on rit, parce
que il n'y a que de ça que je ris moi, des Français.

*

En France, tu sors un porte-clefs au bout
d'une chaîne, tu dis police, tout le monde se
met à plat ventre. Il n'y a pas plus trouillard
que le Français, il n'y a pas plus lâche.

*

J'ai l'impression que c'est pas quand on a fait
dans son pantalon qu'il convient de serrer les
fesses.

*

La France c'est formidable parce que c'est le
seul pays où ils nous entubent et où on peut
le dire !

76

*

La France c'est le seul pays arabe à pas être en guerre !

*

J'ai une bonne nouvelle pour les marchands d'armes : la guerre va continuer au Moyen-Orient.

*

Il n'y a plus de ministre des Armées mais il y a un ministre de la Défense. Comme quoi, avant on comptait encore attaquer, maintenant on cherche plus qu'à se défendre.

*

Les États-Unis et l'URSS ont à eux deux suffisamment de bombes pour faire 100 milliards de morts, d'après les statistiques. Le seul problème c'est qu'on n'a pas sur terre 100 milliards d'habitants. Ils ont de l'avance. Alors je lance un appel : « Humains, soyez sympas, ils font des bombes alors faites des gosses ! »

*

Vous savez qu'on n'est pas complètement idiots en France : l'année où les Américains avaient la bombe H, nous au Concours Lépine on inventait la moulinette à gruyère !

*

États-Unis : 180 kilos d'uranium perdus. Ils pourraient quand même faire gaffe à leurs affaires! 180 kilos : il y a de quoi foutre le cancer à tous ceux qui ont le sida !

*

Dans 100 ans tu crois qu'on pourra encore chanter, toi? Mais tu n'es pas au courant de l'évolution des armes nucléaires!

*

I speak little anglais, ça veut dire je parle mais mesquin.

*

J'adore les langues étrangères. Surtout celles des filles.

*

Dans *Le Monde* : « Grand palmarès de l'impopularité en Angleterre ». Margaret Thatcher fait deuxième, je vous le donne en mille, derrière Hitler. Comme Hitler est mort, elle est quand même première vivante.

*

Je me promenais à Londres, il y a eu un coup de vent et la jupe d'une bonne femme en face

de moi s'est soulevée tout en haut. J'ai regardé, tu penses, tout ce que j'ai pu et la bonne femme m'a vu. Elle m'a dit :
— *Vous n'êtes pas un gentleman !*
— Vous non plus, apparemment !

*

Le caviar en Iran, il y en a tellement qu'ils croient que c'est du tapioca avec des lunettes noires. Mais quand même à ce prix-là ils lui disent vous.

*

Je suis allé à Venise, c'est formidable, c'était inondé, les gens chantaient dans les rues !

*

— *Comment avez-vous trouvé l'Italie lors du tournage de votre film « Le Roi Dagobert à Rome » ?*
— Je vais vous expliquer comment j'ai trouvé l'Italie : je suis allé jusqu'à Cannes, j'ai tourné à gauche, à un moment j'ai vu marqué « frontiera » et c'était là !

*

Les Japonais quand ils parlent, on dirait toujours avec leur accent qu'ils sont en train de pousser. Faut dire que le riz ça constipe !

*

Comme c'est mignon les petits Japonais! Moi je voudrais bien en avoir mais ma femme n'est pas japonaise et moi non plus!

*

Georges Marchais en Chine. Si c'était juste pour voir des Jaunes, c'était pas la peine d'aller si loin : il suffit de casser des œufs, il y en a un dans chaque!

*

La femme de Mao est enceinte! Ce qui nous fait un œuf à deux jaunes!

*

Les restaus chinois, j'ai horreur de ça. Ils n'ont pas d'urinoir, ils n'ont que du riz blanc!

*

Le président Amin Dada regrette que l'on tue trop d'innocents. Est-ce que tu crois qu'il a l'intention de se mettre en taule?

*

Jean Bedel Bokassa, quand il s'est sacré lui-même empereur, on lui avait envoyé avec des copains en cadeau un camembert qui fait pouet quand on appuie dessus avec un couteau.

C'est un mec qu'on interviewe au Chili :
— *Alors, heureux de vivre ?*
— *Non, mais surpris !*

*

C'est deux mecs qui sont dans une prison en France :
— *Combien t'as pris ?*
— *10 ans.*
— *Et qu'est-ce que t'as fait ?*
— *Rien.*
— *Alors là, ça m'étonne, parce que rien, c'est 5 ans en France !*
La même au Chili :
— *Combien t'as pris ?*
— *10 ans.*
— *Et qu'est-ce que t'as fait ?*
— *Rien.*
— *Alors là, ça m'étonne, parce qu'ici rien c'est 20 ans !*

*

Vous savez que le jour le plus drôle en Suisse, c'est le dimanche. C'est ce jour-là que tous les Suisses rigolent des histoires drôles qu'on leur a racontées pendant la semaine !

*

Il faut faire gaffe parce que le père Noël il

passe aussi en Pologne mais là-bas, il pique les chaussures !

*

La Suisse est un des seuls pays du monde où on mange autant de viande qu'ailleurs.

*

C'est un Suisse qui téléphone à une amie qui vient d'accoucher :
— *Alors, c'est un garçon ?*
— *Non, c'est une fille !*
— *Ah bah, j'étais pas tombé loin !*

*

Grand concours de plaisanteries politiques en URSS. Premier prix : dix ans de Sibérie !

*

Vous savez ce que c'est que l'économie planifiée en URSS : pour le sandwich, quand il manque le pain, il manque aussi le beurre et le jambon !

*

Vous savez pourquoi il n'y a pas de poisson en URSS ? Pour que les gens ne s'aperçoivent pas qu'il n'y a pas de viande non plus.

*

Vous ne le saviez peut-être pas, mais en Turquie les hôtels n'ont pas de salle de bains. On a demandé pourquoi et ils ont répondu : « *Vous savez, chez nous les clients restent rarement plus de 15 jours.* »

*

Le Viêtnam, c'est évident que c'est un champ de tir. Les Américains leur ont fait la guerre, les Japonais leur ont fait la guerre, les Français leur ont fait la guerre, et maintenant ils sont emmerdés par les Cambodgiens. C'est évident que c'est devenu un champ de tir. Les mecs y vont pour essayer leurs armes.

*

Ce que c'est beau la Belgique ! C'est comme la Corse. Y aurait pas les Belges...

*

Napoléon n'était qu'à moitié Corse : il ne croisait qu'un seul bras !

*

Vous savez la différence qu'il y a entre Hitler et Napoléon ? Vous savez pas ? Ben les mecs je vous conseille pas d'aller en vacances en Corse !

*

C'est l'ambition qui perd les hommes. Si au lieu de vouloir devenir empereur Napoléon était resté simple officier d'artillerie, il y serait encore !

***

30 MILLIONS D'AMIS, NOS AMIS LES BELGES

Les hommes ont environ 36 grammes de matière grise et ils n'utilisent en moyenne que 6 grammes. Sauf les Belges qui eux utilisent tout.

*

« Deux jeunes Belges arrêtés à Montélimar avaient volé à Vienne la fourgonnette d'un marchand de frites. » Tu sais que c'est des drogués, ces mecs-là ! Quand ils sont loin de chez eux ils volent des camionnettes de marchand de frites, ils en ont besoin !

*

On a tendance à dire que les Belges sont des cons mais toutefois je préconise la méfiance étant donné que rien qu'en France j'ai rencontré personnellement plus de cons que de Belges.

*

Vous savez ce que disent les Belges qui ne

sont pas flamands ? À la rigueur on veut bien passer pour des cons mais pour des Belges, jamais !

*

Deux amis discutent :
— *Nous flirtions dans la voiture, elle m'a dit : « Il fait tellement beau tu devrais ouvrir la capote. » Tu me croiras si tu veux, j'ai mis 1 h 20.*
— *Mais comment tu fais, moi je mets 30 secondes...*
— *Oui, mais toi tu as une décapotable !*

*

Est-ce que tu sais ce que les Belges font au réveil ? Ils le remontent !

*

Un Belge s'est tout fait voler dans la rue. Sauf son revolver. Il était bien caché sur lui, les voleurs l'ont pas trouvé.

***

Le grand Duc de Luxembourg a rappelé que des cinq dynasties qui ont occupé le trône germanique, la famille du grand duc est la seule qui n'ait jamais fait la guerre à la France. C'est pourtant mignon, le Luxembourg qui fait la guerre à la France !

*

Le problème de Jérusalem, c'est que c'est une ville sainte pour tous, les catholiques, les Arabes, les Israéliens, tout le monde. C'est quand même mal foutu! Pour le prix que coûtent les ruines, on aurait quand même pu avoir plusieurs villes, ça n'aurait fait chier personne!

*

Je ne sais pas qui c'est qui a eu l'idée de mettre Israël là où il est y a 30 ans, mais il ne s'est pas gouré le mec, parce que on y a amorti du matériel dans ce bled!

*

Au Liban je ne comprenais pas ce qui se passait. J'ai été me renseigner, maintenant c'est officiel : je n'ai rien compris!

*

Vous savez comment on appelle en Israël un bébé de trois mois qui n'est pas circoncis? une fille.

*

Il y a encore eu une espèce de putsch en Amérique du Sud. On n'en parle pas parce qu'il y en a un tous les jours là-bas et qu'il y en aura encore un tous les jours parce que

86

comme vous le savez il reste sur ce continent 270 millions de personnes qui n'ont pas encore été Présidents !

*

Ils sont pas mauvais les Français dès que les autres sont pires.

*

C'est joli la Bretagne, et c'est pas loin de la France en plus.

*

Il y a des mauvaises langues qui disaient que BZH ça voulait dire Bretagne Zone Humide, mais non, ça veut dire Bretagne Zone à Hydrocarbures.

*

Suite au naufrage du pétrolier « L'Amoco Cadix » près des côtes de Bretagne et à la marée noire qui s'ensuivit :
Le pétrole la semaine dernière ils nous le vendaient à prix d'or, aujourd'hui ils nous le jettent à la gueule ! On sait plus quoi en faire ! Il faut aller en Bretagne. Surtout les grands blonds, ça leur fera des chaussettes noires. Soyez solidaires mesdames, messieurs, allez en Bretagne, rien que pour manger, ils ont déjà mis la nappe, une nappe à fleur, à fleur d'eau.

N'envoyez pas vos gosses à la plage avec un sceau et une pelle. Envoyez-les avec un Jerri-can.

Un Torrey Canyon de perdu, Amoco Cadix de retrouvé !

Je vous rappelle qu'en Bretagne il est interdit de fumer sur les plages !

Au cinéma, à Brest, on joue la Marée était en Noire avec Jeanne Moreau.

Faites des économies d'énergie : les Bretons à qui il en reste, tirez-vous et allez carrément passer vos vacances sur un pétrolier !

Vous savez qu'en Bretagne la terre ne vaut plus rien : c'est trois francs le litre.

— *Si vous avez une idée...*

— *Maintenant on n'a plus d'idées, on a du pétrole en Bretagne, c'est fini, allez hop !*

Monsieur Vantenpoupe, un savant belge, nous dit qu'il pense que la marée noire a une influence formidable sur le comportement sexuel des oiseaux car sur les plages de chez nous on a vu des corbeaux qui draguaient des mouettes.

*

Le p.-d.g. d'une entreprise anglaise offre 10 000 francs de prime aux employés qui lui donneront le meilleur moyen de faire des économies ! Tiens, j'en ai un : qu'il commence par abaisser la prime à 5 000 francs !

*

Plus un seul condamné à mort en **France**! Et voilà que ça recommence! Un chômeur de plus : le bourreau. Qu'est-ce qu'il va faire maintenant comme boulot le bourreau? Tu connais un truc plus con à faire que bourreau, toi? C'est un boulot où le plus dur en fait c'est quand tu aiguises la lame.

*

Hier dans le journal de Genève, il y avait la liste de tous les champignons comestibles. Malheureusement ils se sont trompés. Les survivants auront rectifié d'eux-mêmes.

*

Affaire Greenpeace... tu te rends compte du nom du couple infernal : les époux Turenge! Avec tout ce qu'ils ont laissé derrière eux : le bateau pneumatique, les bouteilles de plongée, tout ça, heureusement qu'ils ont pas envoyé les époux Tu Déranges! Qu'est-ce que ç'aurait été!

*

22 179 personnes sont déjà mortes au Japon des suites de la radioactivité de la bombe de 45. C'est donc un truc qui s'amortit sur plusieurs années.

*

D'après une étude américaine la population

sera tellement élevée dans 2 000 ans que les gens seront obligés de rester debout. Remarque bien qu'à mon avis à partir de ce moment-là les naissances diminueront !

*

LES ÉMIRS ARABES : il y en a un qui jouait 5 briques à la fois à la roulette au casino. Il a joué tout sauf le 18. Et c'est le 18 qui est sorti ! Comme quoi les croupiers ils font pas ce qu'ils veulent.

*

L'essence va baisser : c'est-à-dire qu'il faudra vous pencher pour la ramasser.

*

Le sida, maladie unique dans les anales !

*

Le sida donc, vous connaissez cette maladie qui au début s'attrapait entre singe et singe puis entre singe et Haïtien puis entre Haïtien et pédé et maintenant entre pédé et pédé !

*

Il y a écrit dans le journal qu'il y a des singes de laboratoires qui ont attrapé le sida. J'aimerais bien savoir qui sont les savants qui leur ont inoculé. C'est pas un gros mot, mais j'ai peur que ce soit par-derrière quand même.

*

En Belgique la contraception fait des progrès. Maintenant ils ont des pilules. Avant ils avaient des fusils. Pour tirer sur les cigognes.

*

Le Concorde en panne. Quand il y a une légère avarie dans un moteur d'avion, il vaut mieux le retirer de la circulation avant qu'il fasse une légère chute et qu'il y ait un léger tas de morts.

*

Il y a eu un accident terrible! Il y avait trois mecs dans une voiture, dont une femme d'ailleurs et ils ont eu un accident. Il y avait Jean Cau, Jacqueline Cartier et François Chalais dans la bagnole. Résultat de l'accident, ils ont eu tous les trois des lésions importantes au cerveau.
— *Ah! bon, c'est arrivé là, pendant le week-end?*
— Non, non, c'était il y a 20 ans.

*

J'ai vu qu'on allait projeter un film fait par des scouts. C'est pour rendre idiots ceux qui ont eu la chance de ne pas y aller?

*

L'Académie française trouve que la langue est en danger! Nous on a appelé la boucherie Bernard et apparemment la langue est bonne, elle est fraîche, elle est à 35,80, elle est légèrement en hausse mais dans l'ensemble elle se maintient!

*

Est-ce qu'on doit dire fioul ou fuel? Ça dépend si on dit bougnioul ou Bunuel.

*

L'ancien président de la chambre du commerce du Havre et 27 autres personnes impliqués dans une vaste affaire de corruption comparaissent depuis lundi devant le tribunal correctionnel de la cité normande. Ils sont accusés d'avoir touché des pots-de-vin allant de quelques centaines de francs à plusieurs milliers de francs. Tu sais ce qu'ils ont dit? On croyait que c'était pour Noël. Tu vois qu'il y a des mecs qui croient au père Noël.

*

Le roi du Maroc n'a pas pu venir, alors je voudrais dire aux militaires qui étaient à Orly : REPOSEZ AAARMES! Parce qu'il y a pas de raison de laisser ces cons-là au garde-à-vous!

*

Si vous avez vraiment envie de vous payer quelque chose que vous pouvez pas vous offrir, le Crédit Lyonnais vous expliquera comment vous en passer.

*

À Los Angeles, il y a un mec qui est écrasé toutes les heures ! Le pauvre mec !

*

Le fils de Mesrine rentre de l'école avec un mot de son professeur : « Monsieur, je suis obligé de renvoyer votre fils, il a tué un gosse en chahutant dans la cour. » Attention hein, ça commence comme ça, et puis après on vole et on finit par sortir avec les filles !

*

On commence par chasser les nazis, et vous verrez, on finira par chasser les Juifs ! Vous verrez...

*

Dans « l'excellent » *Parisien*, on apprend que le comédien Daniel Auteuil a fait opérer son chien qui avait bouffé 76 pièces de monnaie. Donc si vous avez des gens dans votre famille qui vous bouffent de l'argent, sachez que ça s'opère !

*

J'ai l'esprit large et je n'admets pas qu'on dise le contraire.

*

Je suis pas superstitieux. Ça porte malheur.

*

J'ai jamais été grand. J'ai d'abord été petit, puis j'ai tout de suite été gros.

*

— Allez hop, à la diète ! Ça fait une semaine que je bouffe plus que du poisson ! C'est super !
— *Et t'as maigri ?*
— Pas d'un gramme, mais j'ai beaucoup moins peur de l'eau !

*

Enfant, je croyais que ma grand-mère était sourde. Je lui criais dans les oreilles, elle ne répondait jamais. Puis on m'a appris qu'elle était muette !

*

J'ai eu du bol, parce que ma mère me disait toujours : arrête de dire des conneries ! Et tu vois, si je l'avais écoutée...

*

Quand tu fais pleurer, même si les gens trouvent ça mauvais, ils disent toujours que ça part d'une bonne intention. Alors que quand tu fais rire, on prétend toujours que ça part d'une mauvaise intention.

*

Ma mère elle est montée sur le décodeur de Canal plus et elle a dit : « *merde, elle marche plus ma balance !* ».

*

Quand une plaisanterie a besoin d'explications, c'est qu'il valait mieux pas la faire.

*

Pourquoi je suis devenu gros ? Parce que je ne me trouvais jamais assez bronzé, j'ai voulu augmenter la surface. Et il me reste des réserves, je peux encore devenir chauve !

*

Je suis allé une fois chez le psy. Je lui ai dit :
— Je m'excuse, j'arrive en retard.
Il m'a répondu :
— *C'est pas grave, j'avais commencé sans vous.*

*

Je sais pas si j'étais con quand j'étais petit à l'école, en tous les cas moi je changeais de classe tous les ans, et les profs eux restaient dans les mêmes.

*

Je me promène toujours la braguette ouverte. Des fois qu'il faudrait que je compte jusqu'à onze.

*

Combien de fois font 12 ?

*

Chez moi c'est bizarre, on s'est toujours marié en famille. Mon père a épousé ma mère, mon grand-père ma grand-mère, mon oncle ma tante et ainsi de suite.

*

Mon père est né en Italie, ma mère dans le Nord et moi à Paris. On a quand même eu du bol de se retrouver, non ?

*

Le nouveau-né, c'est le dernier venu !

*

Un curé avait dit publiquement au sermon,

comme ça aux gosses, au catéchisme : « *La nuit il ne faut pas mettre les mains sous les couvertures.* » Alors les gosses ont cherché pourquoi. Et il y en a qui ont trouvé !

*

Si tu as un gosse de sept ans à garder, suis mon conseil, trouves-en un deuxième. Les gosses, c'est comme les agents d'assurance, s'il y en a un qui t'emmerde, t'en mets deux ensemble, ils te laisseront tranquille !

*

Un conseil au parent dont le gosse a avalé du sable et du ciment : ne lui faites rien boire !

*

Eh oui, le problème des enfants c'est toujours le même : ils ont toujours des parents beaucoup plus vieux qu'eux !

*

Les parents d'élèves sont contre l'éducation sexuelle dans les écoles primaires. Forcément, tout ce qu'on apprend à l'école, on en est dégoûté à vie.

*

Le bac, je ne crois pas que ça serve à quelque

chose. Comme ils disent à Tancarville : plutôt que de passer le bac, prenez le pont!

*

L'archéologie, c'est un métier de feignants : on en a trouvé plusieurs avec les mains dans les fouilles!

*

Le travail c'est bien une maladie, puisqu'il y a une médecine du travail.

*

J'ai deux enfants, je me suis arrêté là. J'ai lu qu'un enfant sur trois qui naissait dans le monde était jaune. Et j'ai pas envie de me récupérer un chinetoque!

*

Je tiens à dire que la femme idéale c'est une femme qui fait la cuisine, qui fait le ménage et qui est là quand on a besoin d'elle, que la mienne n'est pas du tout comme ça et que j'en suis ravi.

*

Jusqu'ici les femmes n'avaient que le droit de se taire et maintenant on parle de le leur retirer!

*

J'ai un copain qui a fait un mariage d'amour. Il a épousé une femme riche. Il aimait l'argent.

*

Il n'y a qu'une chose qui le préoccupe, lui, c'est le bonheur de sa femme. À tel point qu'il vient d'engager deux détectives pour en découvrir les raisons!

*

C'est un type qui croise un copain qui a les deux yeux au beurre noir.
— *Qu'est-ce qui t'est arrivé?*
— *M'en parle pas, j'étais à la messe hier et il y avait une bonne femme devant moi qui avait sa robe prise entre les fesses. J'ai voulu lui enlever, elle s'est retournée et m'a collé un pain!*
— *Et l'autre œil?*
— *Bah, comme j'ai vu qu'elle avait pas aimé, j'ai voulu lui remettre la robe comme elle était!*

*

C'est un type qui est au lit à poil avec sa copine également à poil. Il regarde ses seins et lui dit:
— *Ah! comme ils sont mignons! Si je ne me retenais pas, je les ferais encadrer!*
Et elle, en regardant sous les couvertures:

— *Et lui aussi il est mignon! Si je ne me rete-nais pas, moi j'en ferais plutôt un agrandisse-ment!*

*

Une fille de joie est là pour consommer les hommes de peine.

*

— *J'ai acheté un bijou.*
— Pour ta femme ou un plus cher?

*

Tu sais quand on peut commencer à avoir des doutes sur sa femme? Quand on habite Rouen, qu'on déménage à Montélimar et qu'on a toujours le même facteur!

*

C'est un petit vieux qui retrouve une petite vieille avec qui il a eu une histoire d'amour. Il lui dit:
— *Tu te souviens quand je te faisais ton affaire contre le grillage du champ de ton père?*
— *Oh oui!*
— *Ça te dirait qu'on recommence une dernière fois?*
— *Oh oui!*
Ils vont donc près du champ du père, et il commence à lui faire son affaire contre le

grillage. Et là, la petite vieille fait preuve d'un enthousiasme délirant. Le vieux lui dit :

— *Ben dis donc, t'as pas perdu la main ! C'était même mieux qu'avant...*

— *Oui. Mais avant le grillage n'était pas électrifié !*

*

Tu sais quand on devient vieux ? Quand il nous faut toute une nuit pour faire ce qu'avant on faisait toute la nuit !

*

Moi tu sais pourquoi je suis jeune ? C'est parce que j'habite avec moi depuis longtemps.

*

La meilleure solution pour draguer une gonzesse c'est de vous assurer le plus vite possible qu'elle veut à tout prix vous sauter, et à partir de ce moment-là, laissez-vous faire mais pas trop facilement !

*

Est-ce que deux hommes peuvent avoir un enfant ? Non, mais les expériences se poursuivent.

*

Les charbonniers ils épousent toujours des brunes, parce que les blondes c'est salissant.

*

Quand les filles ont les yeux cernés, c'est que la place est prise.

*

Je suis gros, hélas, je suis le désespoir de ma jeune épouse. Au début, je croyais qu'elle avait mauvais goût, puis finalement je lui ai posé la question : physiquement elle m'aime pas du tout. Alors ça va.

*

C'est une femme de ménage qui tient un préservatif entre ses doigts dans la chambre de ses patrons. La maîtresse de maison entre et dit :
— *Eh bien quoi, vous paraissez surprise, vous ne faites donc pas l'amour dans votre campagne ?*
— *Si mais pas au point d'arracher la peau !*

*

C'est une femme qui dit à son mari :
— *Je crois que la petite a mon intelligence !*
— *Sûrement parce que moi j'ai encore la mienne !*

*

Moi j'adore les enfants! J'emmène mon fils partout. Et pourtant il retrouve toujours le chemin de la maison!

*

Les gosses, un conseil : mettez-vous les doigts dans le nez, c'est encore le meilleur moyen pour se gratter l'œil de l'intérieur!

*

Mesdames, un conseil : si vous cherchez un homme beau, riche et intelligent, n'hésitez pas, prenez-en trois!

*

Quand j'étais garçon de café, qu'on me demandait les toilettes, je disais toujours « pipi ou popo? » et il y a jamais personne qui répondait popo.

*

Je ne suis pas d'accord avec ce qu'on dit, je trouve moi que le marron est une jolie couleur. C'est juste l'odeur qui est gênante.

*

J'aime les poèmes en vers. C'est ma couleur préférée!

*

103

L'armée, je suis arrivé avec 2 valises de certificats médicaux, on m'a dit « *asseyez-vous là* » et je l'ai eu dans le dos! J'ai fait 4 mois de taule. En prison, on se marrait bien, on jouait aux échecs avec des capsules de bière, et pour rester en taule je demandais : « comment faut faire pour rester en taule? ». Alors on me disait : « *ben par exemple il faut insulter un gradé* ». « Bon, ben c'est lequel d'entre vous le plus gradé? *"C'est moi."* Bon ben toi, va te faire foutre. »

*

Un militaire qui se suicide après un alcootest positif : pourquoi il l'a pas fait avant? Bah oui : c'est pas parce qu'il est bourré qu'il faut qu'il meure, c'est parce qu'il est militaire!

*

Un ancien militaire, ça n'existe pas. Un jour on arrête de travailler mais on reste con!

*

J'ai un copain qui était militaire avant. Il était dans l'aviation. Et maintenant qu'il est à la retraite, il est rentré chez André. Comme chef d'espadrille.

*

Vous qui avez des enfants débiles dont vous ne savez que faire, vous qui avez des parents alcooliques dont vous ne savez que faire, faites-les engager dans l'armée. L'armée est une grande famille pour aliénés mentaux.

*

Qu'est-ce que c'est qu'un héros ? C'est un soldat qui a réussi. Et qu'est-ce que c'est qu'un invalide ? C'est un héros qui n'est pas mort.

*

La condition pour s'engager dans l'armée, c'est d'avoir moins fait moins d'un an de prison. Parce que si c'était casier vierge, il n'y aurait plus grand monde.

*

Les anciens combattants ? Je vais te dire que moi, si un mec m'avait piégé une fois dans ma vie et m'avait envoyé faire la guerre, tu peux être sûr d'un truc, c'est qu'il ne serait pas près de me revoir pour après aller défiler avec son drapeau !

*

80 anciens combattants australiens vont venir en France pour faire un pèlerinage sur les champs de bataille. Il va donc falloir réserver des places au Casino de Paris pour aller voir Line Renaud qui comme chacun sait chantait déjà dans les tranchées.

Ceux qui gueulent le plus ce sont les anciens combattants. Dès qu'on se fout de la gueule d'un ancien combattant, ils se mettent à gueuler! Et vous savez pourquoi? Parce qu'ils ont que ça à foutre les pauvres! Il n'y a plus de guerre et quand il n'y a plus de guerre un ancien combattant qu'est-ce que ça peut se faire chier!

*

Tu sais ce que c'est un militaire de carrière qui meurt à la guerre? c'est un militaire de moins.

*

Pour vous faire réformer, je vais vous donner une très bonne combine: vous arrivez avec *l'Huma* sous le bras et vous hurlez: « vive le parti communiste! ». Vous allez être viré tout de suite parce qu'on pourra même pas vous donner une brouette sans craindre que vous balanciez les plans à Moscou.

*

On envoie toujours des mecs de l'armée pour libérer d'autres gens, mais il y a des mecs dans l'armée qui y sont de force aussi! Il y a même énormément de mecs qui sont de force dans l'armée! Déjà il y a tous ceux qui n'ont pas de qualifications et qui n'ont pas voulu entrer dans la police. Et à ceux-là, je tire mon chapeau!

*

Politiquement je me suis fait une culture qui obligatoirement me suffit puisque je n'en ai pas d'autre!

*

On raconte que je dis tout haut ce que les gens pensent tout bas, c'est vrai. Mais la vraie question est pourquoi les gens pensent tout bas au lieu de penser tout haut? Remarque je préfère moi qu'ils pensent tout bas, sinon je sais pas de quoi je vivrais!

*

Il y a une majorité silencieuse en France il paraît. Moi je trouve plutôt que les cons ouvrent beaucoup leur gueule, mais enfin...

*

Les politiciens, on ne saura jamais s'ils sont sérieux ou si ce sont des comiques froids. Parce que quand même entre leurs blagues extraordinaires et leurs promesses intenables, va savoir, toi, si dans le fond c'est pas des professionnels du rire!

*

Ce qui est amusant c'est de savoir comment on est gouvernés par des gens qu'on a élus nous-mêmes. On est bien placés pour s'en amuser de la politique puisqu'on la subit tous les jours. Et qu'elle est faite avec notre pognon. Je crois même que c'est faire preuve du plus grand humour que d'en rire. Moi évidemment je le fais plus facilement parce que de toute façon grâce à vous je gagne plus de pognon que ceux qui rient et même des fois plus de pognon que ceux qui nous font rire !

*

Politiquement je suis coluchiste et des comme moi on est deux mais l'autre veut pas dire son nom.

*

Finalement le mec qui est mort pour la conquête de ses idées socialistes, il a rien à envier au connard qui est mort pour rien en 14-18 : il est mort.

*

Mai 68 : Moi le jour où j'ai vraiment compris qu'on avait perdu la révolution, c'est quand ils ont refusé de manifester le dimanche.

*

Je crois que cette fois, politiquement, on est vraiment dans la merde ! J'ai parlé à un chauffeur de taxi, il m'a dit : « *Moi, si j'étais à la place du président des États-Unis, je sais pas ce que je ferais...* » Ça c'est la preuve qu'on est vraiment dans la merde : quand le chauffeur de taxi il ne sait pas ce qu'il ferait à la place du président des États-Unis, c'est qu'on est vraiment dans la merde !

*

Ce qui compte dans la vie, c'est d'avoir un bon boulot et une bonne santé. Eh bien, ouvriers licenciés, si vous avez une bonne santé, dites-vous un truc, les syndicalistes ont eux un bon boulot !

*

Les pauvres ne sont pas riches cette année et la misère est triste !

*

Des nouvelles de la Bourse : hausse de la chemise, baisse du pantalon et va-et-vient dans la fourrure !

*

Avant les hommes ils vivaient 30 ans, c'était pour rien. Maintenant ils vivent 70 ans. Qu'est-ce que tu veux, il faut bien qu'on leur pique du blé. Faut bien que tout augmente en même temps !

*

Eh dis donc, t'as vu ça, le chômage remonte. Est-ce que par hasard les élections ne seraient pas finies ?

*

Ça y est, le chômage va s'arrêter. Il y a une date : au printemps. Ils avaient dit qu'il s'arrêterait vers janvier, maintenant ils disent le chômage c'est un problème qu'on aura jusqu'au printemps. — De quelle année ? ah bah, ça ils ne l'ont pas encore dit.

*

Avant le cancer on disait pas le cancer, on disait une longue maladie. Le chômage, lui, est en train de crever d'un long délai.

*

Qu'il y ait deux façons de compter les chômeurs, ça me met sur le cul. Parce que je le dis tout de suite, il n'y a pas deux manières de compter le pognon qu'on leur donne !

*

Toujours le trou dans la caisse des Assedic. Déjà les chômeurs il fallait qu'ils trouvent du travail, maintenant en plus il faudra qu'ils trouvent du pognon !

110

Il y a un député qui a trouvé choquant et dangereux que des manifestations aient lieu devant l'Assemblée nationale où justement on discute de problèmes qui intéressent les gens qui font la grève. Il y a donc un député qui a gueulé parce qu'il y a des ouvriers qui trouvent qu'on ne défend pas assez leurs intérêts ! Non mais, le culot des pauvres !

*

S'il y a des smicards qui n'osent pas se jeter par la fenêtre, on peut s'inscrire à l'Élysée, il y a un service qui étrangle les mecs qui n'osent pas se suicider.

*

C'est officiel, la culture a moins d'1 % dans le budget de la France. On l'a échappé belle ! Qu'est-ce que j'aurais pas aimé être artiste dans un pays où la culture aurait eu 25 %. Être obligé de jouer Shakespeare !

*

En matière de loi, y a deux catégories d'emmerdeurs : ceux qui les appliquent et ceux qui les appliquent pas.

*

La justice c'est le parent pauvre : Ils ont pas

assez d'argent, ils ont pas assez de prison, pour un peu ils manqueraient de voleurs.

*

Un innocent en France, c'est un coupable qui ne risque rien.

*

Ce matin on apprend la défection d'un membre du Parti socialiste qui adhère au RPR. Le PS perd donc un traître qui rejoint le RPR où comme on le sait les traîtres sont toujours les bienvenus ! Enfoirés, excusez-nous !

*

En politique la différence entre un traître et un converti ? un traître c'est quelqu'un de votre parti qui va dans un autre et un converti c'est quelqu'un d'un autre parti qui arrive dans le vôtre. Ça n'a rien à voir.

*

En période électorale, les hommes politiques trahissent des inquiétudes. Faute de mieux.

*

Comme disent les hommes politiques : « *On ne voit pas à quoi ça sert de faire de la fausse monnaie, il n'y a qu'à en faire de la vraie et puis c'est tout !* »

*

On chuchote à l'Assemblée : je me suis mouillé dans une affaire, je suis complètement à sec, j'ai besoin de liquide !

*

Confidence d'un politique : « *Ce qui m'embête c'est que la moitié des mensonges que disent mes adversaires sur moi sont vrais !* »

*

Léotard, il fait toutes les conneries qu'il peut pour être connu dans la politique. Quand on n'a pas de talent, il faut bien bouger les bras !

*

Petite leçon de politique appliquée : hier Lecanuet a dit : « *Je ne suis ni pour Barre ni pour Giscard !* » On traduit : Ni Giscard ni Barre ne veulent de Lecanuet ! Ah, l'enfoiré faut savoir le parler !

*

Bernard Pons a dit que Raymond Barre était une « monstruosité politique ». Il aurait pu rajouter biologique.

*

Vous savez que grâce à Raymond Barre, tout le monde est boulanger en France ? Amis dans le pétrain, bonjour !

*

Monsieur Barre a déclaré : « *Le bout du tunnel est pour l'an prochain.* » Voilà une phrase que cet homme pourra répéter toute sa vie s'il le désire.

*

Raymond Barre respire l'honnêteté. Le problème c'est qu'il est asthmatique.

*

Raymond Barre met les points sur les *i : « Ma politique économique est bien celle du chef de l'État !* » Voilà qu'il balance les copains maintenant !

*

Barre, il a beau être gros on en a vite fait le tour !

*

Marie-France Garaud, j'ai l'impression qu'elle a un nom prédestiné à nous étrangler !

Monsieur Darquier de Pellepoix fait partie de ces gens qui ont plus de particule que de partie tête.

*

Madame Pelletier, ministre de la Condition féminine : elle a 51 ans, elle les fait pas, elle a sept enfants, ça elle les a faits, et elle a déclaré : « *Je ne violerai pas les hommes.* » Pourquoi, il y a de la demande ?

*

Monsieur Mitterrand a fait un cauchemar épouvantable : il a rêvé qu'il était tout seul à se présenter aux élections et qu'il était battu quand même !

*

Poniatowski c'est comme les pommes de terre : le meilleur est sous la terre !

*

Rocard, il a une vraie tête d'accouchement. Le problème, c'est qu'on ne voit jamais sortir l'enfant !

*

Georges Fillioud, ministre de la Communication, se félicite lui-même de la création des chaînes privées. Il fait bien de se féliciter tout seul. Si j'avais été son patron, moi, je me serais contenté de le remercier.

*

Les hommes politiques c'est comme les cartomanciennes : tant que les hommes seront inquiets de ce que va être leur avenir, les hommes politiques et les cartomanciennes seront rassurés sur le leur ! En bref, l'avenir des cartomanciennes et des hommes politiques sera clair tant que le vôtre sera foncé !

*

Dans les déclarations de sportifs, c'est comme dans les déclarations d'hommes politiques : la franchise ne consiste pas à dire ce qu'on pense mais à penser ce qu'on dit.

*

Évidemment on pourra toujours dire que l'Argentine a gagné la Coupe du Monde. On peut le dire. Mais enfin il y a huit ans, quand c'étaient les Anglais qui organisaient la Coupe du Monde, qui est-ce qui a gagné ? Les Anglais ! Il y a quatre ans c'était l'Allemagne qui organisait la Coupe du Monde, qui c'est qui a gagné la Coupe du Monde ? C'est les Allemands. Cette année c'est l'Argentine qui organisait la Coupe du Monde, qui c'est qui a gagné la Coupe du Monde ? C'est l'Argentine.

Bon. Qu'est-ce qu'il faut que le Bengladesh fasse pour gagner la Coupe du Monde?

*

Les Français ils ont bien perdu la Coupe du Monde! Autant les Argentins ont mal gagné, autant les Français ils ont bien perdu! Ils auraient perdu comme ça contre l'Italie, ils gagnaient!

*

Ils ont gardé le ballon, les Argentins. Comme ça chez eux ils pourront jouer à la balle au prisonnier!

*

Tu imagines un arbitre suisse en Argentine accorder un penalty à la France contre les Argentins? Non mais, de toi à moi, tu as déjà essayé, toi, de sortir d'un stade dans lequel il y a 80 000 personnes qui ne veulent pas que tu sortes?

*

Les arbitres, ils ont touché tellement de pots-de-vin qu'il y en a qui ont été obligés d'emprunter une citerne pour rentrer!

*

Je sais pourquoi ça s'appelle coup franc:

parce que c'est très franc ce qu'ils se mettent comme coup !

*

Est-ce que tu te rends compte que le football est un sport qui théoriquement se joue aux pieds et qu'il est hors de question qu'un footballeur porte des lunettes ! Parce que les morceaux de verre dans les yeux, une fois qu'on t'a mis un coup de poing dans la gueule, c'est très dur à enlever !

*

Une femme tue son mari à cause du Mundial. À mon avis elle avait une autre idée derrière la tête. Elle avait surtout un fusil à la main, ce qui est très très grave.

*

Un ballon de football n'a rien à faire dans une cuisine, ou alors dans le frigo pour celui qui les aime bien frais.

*

À propos d'un arbitre détestable : Je remercie beaucoup cet homme-là d'avoir eu le courage de sa lâcheté, parce que vraiment, être aussi minable et le savoir, c'est bien !

*

Qu'est-ce qu'il faut faire pour devenir arbitre ? il faut manger avec les mains sous la table !

*

Je voudrais dire un truc à propos du Tour de France et tous ces petits garçons qui sont très courageux. J'ai remarqué encore cette année qu'une bonne cent cinquantaine de coureurs fait le Tour de France en vélo. Eh bien, vous savez combien c'est dur le vélo, vous savez combien c'est difficile de faire du vélo et donc j'ai décidé d'offrir personnellement une Mobylette au vainqueur de manière à ce que ça ne lui arrive plus de le faire en vélo.

*

Pourquoi les coureurs cyclistes belges ont un jour de repos après les courses ? C'est pour voir les Français arriver.

*

On n'a plus le droit de dire du mal et personne ne dit plus du mal ! Moi je me souviens quand on était petits, on ouvrait la radio et les mecs canardaient à bout portant tout ce qui bougeait ! C'était déjà Line Renaud qui trinquait ! C'est pour vous dire si la chasse est ouverte depuis un moment !

*

Il y a un excès à ne pas dépasser, c'est comme en tout, c'est comme en tout... au fait c'est comment tout?

*

Si on en profitait pour s'emmerder à chaque fois que c'est triste, eh bien, ça ne serait pas gai!

*

Line Renaud a 30 ans de carrière. Dis donc, elle a commencé tard!

*

Combien tu lui donnes à Line Renaud? 40 ans! Bah, avec les 60 qu'elle a déjà t'es pas sympa!

*

La princesse Anne a refusé d'embrasser un enfant... moi je trouve que c'est bien. Parce qu'avec le nez qu'elle a elle aurait pu lui crever un œil.

*

Rika Zaraï elle fait bouillir l'air avant de respirer.

*

Johnny et sa femme forment un couple extraordinaire : il est extra, elle est ordinaire !

*

« Romy Schneider sauvée par Alain Delon ». Ah bon, elle avait soif ? Alain Delon, viens nous servir à boire !

*

J'aime bien Jean-Claude Brialy. C'est un homme qui aime agrandir le cercle de ses amis.

*

RTL : c'est la radio où le nain Bouvard parle l'après-midi. On l'appelle la bémol, c'est la note juste au-dessus du sol ! J'en parle d'autant plus volontiers que c'est mon ennemi préféré.

*

Une triste nouvelle : Philippe Bouvard aurait été victime d'une chute d'échelle alors qu'il cueillait des fraises ! Pauvre homme ! Quand on pense qu'il est déjà obligé de se mettre sur la pointe des pieds pour cracher !

*

Ce qui me surprend le plus chez Bouvard c'est qu'il est bien élevé. Ça compense !

*

Il paraît qu'au lit Eddy Barclay est un véritable pur-sang : il n'y a pas moyen de le dresser !

*

Barclay s'est encore marié une jeunette. Je suis allé bouffer avec eux au restaurant hier. Le serveur a demandé à la petite :
— *Qu'est-ce que ce sera ?*
— *Une escalope.*
— *Et pour légume ?*
— *Donnez-lui la même chose !*

*

— *J'ai vu Régine hier soir, c'est fou comme une bouteille de champagne peut la changer.*
— *Elle avait bu ?*
— *Non. Mais moi, oui !*

*

Est-ce que vous savez d'où vient le triple menton de Régine ? Elle s'est fait remonter les seins !

*

Tu sais comment on reconnaît Dalida à Roland Garros ? C'est la seule qui tourne pas la tête pendant les échanges. Elle voit Connors et McEnroe en même temps !

C'est fini, on ne fêtera plus l'anniversaire de Régine : rien qu'en bougies on en aurait pour plus cher qu'en gâteau !

*

Lederman, quand on parle d'argent, il croit qu'on se moque de lui. J'ai voulu lui raconter une blague, parce qu'il a de l'humour quand même, j'ai commencé :
— C'est un juif pauvre...
— *Je t'arrête tout de suite, ça veut rien dire en yiddish.*

*

À *propos de Jacques Tati :* j'ai appris qu'il allait refaire un film et je voudrais lui dire que je m'appelle Coluche, que je suis un jeune comédien et que si je pouvais ne serait-ce qu'ouvrir une porte dans son prochain film, je pourrais donner beaucoup d'argent de Lederman.

*

Il a une très belle voix, Robert Hossein. Quand il ouvre la bouche on peut presque lire à l'intérieur la marque de ses pompes !

*

La Fondation Bogart, c'est un bureau de

tabac! Bogart, tu sais que c'est un de ceux qui en a fait le plus pour le cancer des poumons. Il y a des tas de mecs qui ont toussé pendant des années à cause de lui!

*

Charles Trenet écrivait des chansons à une époque où la lune était dans les chansons d'amour et non pas dans le budget de la Défense.

*

Eh, dis donc, Marie Laforêt, on se la forêt bien. On n'est pas de bois!

*

Il faut se méfier des proverbes. Il y avait un proverbe dans le cinéma qui disait : tant va la cruche à l'eau qu'à la fin Brigitte Bardot voulait plus tourner du tout!

*

Un mec rentre de voyage et trouve sa femme au lit avec Bouvard. Scandalisé, il lui dit :
— Je croyais que tu m'avais promis de ne plus me tromper!
Et elle répond en montrant Bouvard :
— Mais tu vois bien que j'essaye de diminuer progressivement!

*

Les Rothschild sont dans la misère : je les ai vus jouer tous les deux sur le même piano !

*

J'ai vu en 64 à la Mutualité Léo Ferré au gala des anars. Il finissait la soirée par une chanson puis s'il y avait un quart d'heure de rappel il revenait chanter *Ni Dieu Ni Maître*. Les mecs ils sont sortis de la salle, il y aurait eu un flic qui aurait demandé l'heure, il était mort !

*

Michel Blanc vient de tourner *Marche à l'Ombre*. C'est normal, Blanc y va pas aller marcher au soleil s'il veut rester Blanc ! Je déconne mais pendant le tournage des Bronzés en Afrique les Noirs l'avaient surnommé l'Homme sans Nom. Tu penses, Michel Blanc !

*

C'est un type qui arrive dans un bar avec Philippe Bouvard. Le barman lui demande :
— *Dites donc, votre copain, pourquoi il est petit comme ça ?*
— *Ne m'en parlez pas ! Je vous explique : on est allés en vacances en Amazonie ensemble...*
— *Ah bon, où ça ?*
— *Merde, c'était comment Philippe, déjà, le nom du village où tu as insulté le sorcier ?*

*

— Richard Anthony, je me demande comment il faisait ce gros bide pour swinguer autant à l'époque...
— *Il était moins gros que ça à l'époque...*
— Ah bon, il a pas toujours été gros ?
— *Si, mais moins que maintenant...*
— Tu vois il était quand même vachement grassouillet pour un maigre !

*

Il y avait un gosse qui me regardait sur le bord du trottoir et sa mère elle y a fait :
— *Tu vois, hein, si tu es pas sage, ben tu seras comme ça plus tard !*

*

C'est vraiment minant d'être aussi bête que moi. Et encore vous vous rendez pas compte, vous êtes à l'extérieur, moi j'habite avec, c'est pire !

*

Il y a encore un mec qui m'a écrit hier en me disant : « T'as piqué des trucs à Alphonse Allais. » Ben je vais me gêner peut-être, je vais me gêner de piquer des trucs à Alphonse Allais... il est mort !

*

Je suis allé au gala de l'Union. Faut bien faire prendre l'air au smoking de temps en temps ! J'ai refait Guillaume Tell. Enfin moi j'étais la victime. J'avais la pomme sur la tête. Et l'autre type était à douze mètres avec son arc et ses flèches. Avant la représentation on a répété toute la mécanique. Mais sans qu'il tire évidemment : on va pas risquer de se planter une flèche dans la tête à la répétition. Qu'au moins il y ait la télé !

*

— *Je voulais savoir si tu avais un truc quand tu jouais du violon avec des gants de boxe ?*
— Je vais te dire, oui, il y a un truc, il y a un an et demi de boulot.

*

J'aurais bien aimé être connu comme chanteur surtout de rock'n'roll mais j'ai réussi à me consoler parce qu'Eddy Mitchell, lui, aurait voulu être connu comme comique, donc on s'est démerdés tous les deux : lui me raconte des histoires et moi je chante des chansons pendant qu'il met des boules Quies.

*

— *Coluche, vous êtes d'origine italienne ?*
— Oui.
— *Quelle région d'Italie ?*
— Paris. La porte d'Italie.

*

— *Qu'est-ce que vous pensez des mots croisés, Coluche ?*
— Je suis pour les croisements, les noirs et les blancs, il faut que ça se mélange comme ça on sera plus emmerdés !

*

Ils prennent vraiment les gens de couleur pour des nègres !

*

On dit pas un stylo noir, on dit un crayon de couleur.

*

On dit toujours à un Noir t'es mon frère, mon beau-frère jamais.

*

Faut pas croire que tous les gens qui sont touchés par le racisme ont de l'humour. Moi une fois j'ai raconté une histoire de Noir à des Noirs, je leur ai dit que je préférais avoir un Noir dans la salle que la salle dans le noir eh bien il y a eu un blanc !

*

Si on peut pas se moquer des Arabes, c'est

que c'est vraiment des Arabes ! À partir du moment où on peut se moquer d'eux comme de cons ordinaires, à ce moment il n'y a plus de racisme.

*

Monsieur Le Pen veut être blanchi pour tout ce qu'il a fait en Algérie : cet homme aigri qui n'aime pas les Noirs et qui veut être blanchi.

*

Jean-Marie Le Pen a hérité de l'immense fortune des ciments Lambert. Il semblerait qu'à la signature, Hubert Lambert n'était pas en possession de tous ses moyens. Ce qui est sûr c'est que maintenant Jean-Marie Le Pen, lui, est en possession de tous les moyens du mort !

*

Qu'il y ait des organisations antisémites, ça, ça me fait beaucoup rire ! Qu'est-ce qu'il faut être con pour être antisémite déjà, mais alors pour être organisé !

*

Si on en juge par les fichiers qu'on a trouvés en Allemagne il y avait 80 millions de Français pendant la guerre : 40 millions de résistants et 40 millions de collabos.

Comme dirait Le Pen : Œil de Perdrix, dix de retrouvés !

*

Il y a des gens qui n'ont pas été assez sévères en matière d'immigration à mon avis, ce sont les Indiens d'Amérique. Ils auraient dû faire gaffe quand ça a commencé à immigrer aux États-Unis !

*

Les Français ils font de la politique quand il y a des élections, une moitié est de droite l'autre moitié est de gauche, mais en dehors des élections, les Français ils sont ni de droite ni de gauche, ils sont français et ils s'en foutent de la politique !

*

La France va mieux, oui. Non, pas mieux que l'année dernière mais mieux que l'année prochaine !

*

Il y a un mec qui s'est présenté aux élections dans le 14e arrondissement de Paris, et qui n'a pas eu une seule voix ! C'est-à-dire que non seulement il n'a pas voté pour lui, ce qui

est très sport, mais en plus il est fâché avec
sa femme.

*

Moi j'ai un copain qui vote pour le même
depuis des années, et le type n'est jamais élu.
À tel point que mon copain se demande s'il
est pas mort!

*

Les sondages c'est pour que les gens sachent
ce qu'ils pensent.

*

La seule chose dont on soit sûr avec les sondages, c'est que dans l'ensemble les sondages
prouvent bien que les gens croient surtout ce
que les sondeurs pensent!

*

Une statistique c'est la même chose qu'un
sondage, sauf que c'est vrai.

*

Les journalistes ne posent plus de questions
maintenant, ils agressent. Avant ils deman-
daient aux hommes politiques:
— *Pensez-vous que vous avez progressé?*
Maintenant c'est presque:

— Con comme vous êtes, est-ce que vous avez fait des progrès dans votre parti de merde ?
Mais on sent la médiocrité dans la méchanceté comme dans le cirage. La méchanceté n'a jamais remplacé le talent, sinon il n'y aurait que des vedettes !

*

Vous voyez, c'est ça la liberté en France : on a rigoureusement le droit de dire ce qu'on veut, et le gouvernement a rigoureusement le droit de faire ce qu'il veut.

*

Le journaliste, ce n'est pas ce que tu vas lui dire qui l'intéresse, c'est ce qu'il pense lui. Ce qu'il veut marquer dans le journal, ce sont ses idées à lui. Il faut le comprendre, le mec. S'il pouvait pas marquer ce qu'il pense, quelles raisons il aurait d'être journaliste ?

*

Il ne faut pas oublier que le rôle des hommes politiques c'est, le cas échéant, d'affirmer des incertitudes.

*

C'est pas l'intention qui compte, c'est bien la manière dont on le dit ! Et homme politique, c'est donc bien comédien d'abord.

*

C'est le même problème que les pommes cuites, les hommes politiques ne sont jamais crus.

*

Je veux bien faire un accord avec les hommes politiques : qu'ils arrêtent de dire des mensonges sur ce qui nous concerne et moi j'arrêterai de dire la vérité sur eux.

*

C'est pas parce qu'on dit la vérité qu'on dit du mal et c'est pas parce qu'on dit du mal qu'on dit la vérité !

*

L'art de dire la vérité sans mentir, c'est fermer sa gueule.

*

La politique part d'un principe très simple, quand on manque de tout, un rien nous suffit, et quand il nous suffit d'un rien, on n'a pas besoin de grand-chose.

*

Premier ministre, c'est un peu comme maillot de bain. Ça soutient pas grand-chose, mais ça cache quand même l'essentiel.

*

Gaston Defferre est malade. Il paraît que son médecin lui a prescrit un Ricard le matin, un Ricard le midi, un Ricard le soir. D'après nos sources, il suit très bien son traitement. Il aurait même pris six mois d'avance !

*

On apprend dans le journal de ce matin que Reagan a deux cancers. Que le meilleur gagne !

*

Il était très gros, Pompidou, quand il est mort ! Il a éclaté ! D'ailleurs on a reconstitué ses intestins avec des tuyaux place Beaubourg !

*

Je lis dans le journal qu'un type a été condamné pour avoir écrit que la moitié des dirigeants du RPR étaient des escrocs. Moi à sa place j'aurais écrit que la moitié des dirigeants du RPR n'étaient pas des escrocs !

*

Il y a le ministre de la Défense qui a fait une

conférence de presse. Il n'a pas laissé rentrer les journalistes communistes. Comme si les communistes ne lisaient pas le *Figaro* !

*

Jacques Chirac il est quand même plus malin que Michel Debré en a l'air !

*

Jacques Chirac a une très haute opinion de lui-même. Il a dit : « *Ceux qui m'écoutent maintenant entendent un autre son de cloche.* »

*

Je vais vous dire une phrase de Jacques Chirac qui montre à quel point quand on fait un discours à des gens, on se fout de leur gueule. S'adressant à des sous-mariniers il a dit : « *Quand vous êtes en plongée et que les oreilles vous sifflent, c'est que le gouvernement pense à vous !* » Il me semble, monsieur Chirac, que les prendre pour des militaires c'était amplement suffisant !

*

Le MRG c'est ceux qui essayent de passer la tête. C'est pour ça qu'on les appelle comme ça. Émergez les mecs, émergez !

*

135

Les gens du MRG ils sont aussi cons qu'Adam et Ève, ceux qui étaient tout nus, sans argent et à qui on faisait croire que c'était le paradis.

*

Ça voyez, c'est la France, on prend toujours petit, petit, petit. Regarde à l'Opéra, les danseuses ils les prennent tellement petites qu'il faut qu'elles se mettent sur la pointe des pieds !

*

J'adore les danseuses, j'aime beaucoup les petits rats, mais j'en ai pas chez moi à cause des petites crottes.

*

J'ai entendu dire qu'il y allait avoir une sélection dans la police. On ne prendra plus les flics qu'à partir de 1 m 68. Donc, si tu veux, ils ont déjà compris qu'il fallait faire une sélection, mais ils ont pas encore compris par où fallait la faire !

*

Moi je connaissais un mec qui avait un défaut sur le dessus. À la tête. Il y en a qui sont un peu chauves, eh bien lui il n'avait carrément pas de front. C'est-à-dire qu'au-dessus des yeux, il y avait juste les sourcils puis plus rien, c'était complètement plat! Il n'y avait pas du tout mais alors pas du tout de place pour la cervelle. Rien, des yeux et du plat! Remarque heureusement pour lui, ça se voyait pas du tout du tout. Enfin, sauf quand il enlevait son képi.

*

Vous savez que c'est pas parce que vous êtes flics que vous êtes cons, c'est parce que vous êtes cons que vous êtes flics!

*

On devrait créer la LNFPQLFNFLP : la ligue nationale française pour que les flics nous foutent la paix!

*

Il faut qu'on arrive à avoir en France une police honnête et propre. Sans ça on ne leur fera plus confiance. Les Français ne feront plus leur devoir et on ne trouvera plus personne pour dénoncer son voisin!

*

C'est pas demain la veille qu'on pourra demander leurs papiers aux flics, mais quand même ça avance!

*

Le problème de la légitime défense, c'est que les mecs se prennent pour des flics. Et faut vraiment être un con au carré pour copier sur des flics.

*

Avec toutes ces associations de légitime défense, où tout le monde est armé jusqu'aux dents, les milices d'action civique, tout le merdier, c'est évident qu'on est en guerre. Mais on ne sait pas contre qui!

*

Dans les pays occidentaux, on aime l'ordre. Il y a même des gardiens de cimetière, tu te rends compte! C'est pourtant pas les mecs qui sont dans les cimetières qui vont aller gueuler! Qu'il y ait des flics pour garder les vivants encore, à la rigueur je comprends, mais des gardiens de cimetière! Faut vraiment aimer l'ordre!

*

Il y a des fois, moi, j'ai tellement pas bossé aux PTT que j'ai cru que je bossais à la Sécurité sociale, tellement on foutait rien!

*

C'est très dur de ne rien faire du tout. Regardez : les gens qu'on a forcés à rien faire, comme dans l'administration, c'est pas rare qu'ils aient un hobby en dehors de leur travail.

*

Fonctionnaire c'est un peu comme bouquin dans une bibliothèque : plus t'es placé haut moins souvent tu sers !

*

Si la direction était responsable des vols dans les parkings, on serait obligé d'enfermer la direction. Parce que le parking c'est du vol !

*

L'alcool conserve les cornichons : les intelligents levez la main, les autres venez boire un coup !

*

C'est fou l'emprise de l'alcool, c'est fou ce qu'on arrive à faire avec l'alcool... regarde ça, si j'avais encore le pognon que j'ai bu, qu'est-ce que je pourrais me bourrer la gueule !

*

Si par exemple vous avez une femme et que vous ne savez pas quoi en foutre, vous vous bourrez la gueule et vous la faites conduire.

Voilà, on a trouvé un usage pour les bonnes femmes.

*

Vous savez ce que c'est l'alcootest ? Un soufflé aux amandes.

*

Un conseil : Ne buvez pas d'alcool au volant : vous pourriez en renverser !

*

Je ne conduis jamais bourré. Enfin pas à ma connaissance en tout cas.

*

Il a été mannequin chez Nicolas, c'est lui qui essayait les bouteilles, on le reconnaît bien, il a encore une étiquette sur le front.

*

— *C'est un mec qui a un super boulot, avec plus de 600 personnes en dessous de lui !*
— *Il est chef d'entreprise ?*
— *Non, il est jardinier dans un cimetière !*

*

J'ai une annonce à faire aux fumeurs : pendez-vous, ça va plus vite !

140

Tu sais ce qu'on dit dans le Doubs ? Absinthe-toi !

*

Je rappelle qu'aux échecs, si la victoire est brillante, l'échec est mat !

*

Tu as remarqué, quand on va quelque part pour jouer, on emmène de l'argent. C'est qu'on est sûr de perdre déjà.

*

J'ai vu des mecs qui jouaient à celui qui se pencherait le plus par la fenêtre et ben j'ai vu la gueule de celui qu'avait gagné, il était pas beau !

*

Je suis en retard, excusez-moi, mais je reviens de l'enterrement d'un copain musicien. Ah ! les mecs sont pas sympas quand même, je croyais qu'il était plus aimé que ça. J'étais le seul à danser quand ils ont mis la musique !

*

Il y a des croyants qui ne sont pas pratiquants, puis il y en a qui croient pas parce que c'est plus pratique.

*

À propos des miracles, à une époque où les Américains vont dans la lune, il est normal que les chrétiens en descendent !

*

Attention : la réunion de tous les athées du monde sur la non-existence de Dieu sera remise en raison des fêtes de Noël !

*

On s'est souvent posé la question : « Être ou ne pas être ? » J'ai personnellement écrit à Shakespeare et j'ai reçu la réponse suivante : « Lettre suit. »

*

Toute notre civilisation repose sur des erreurs, c'est ça qui est formidable. Regarde Dieu, il voulait que ce soit un paradis sur terre, tu te rends compte l'erreur !

*

Qu'est-ce que c'est quoi la différence qu'il y a entre moi et le pape ? c'est que je raconte aussi des histoires mais moi je ne demande pas qu'on y croie !

142

*

Vous savez que le pape est le frère de la reine d'Angleterre? Jean-Paul et Élisabeth, ils ont tous les deux le même nom de famille : II !

*

Le mariage des prêtres, je suis pour. S'ils s'aiment.

*

J'ai remarqué que les mecs deviennent souvent cons à l'âge où il leur pousse des dents en or!

*

La plus grosse infirmité qu'on puisse avoir, pour moi, c'est pas qu'il vous manque des jambes, des bras, des yeux ou des cheveux, pour moi, les vrais infirmes, c'est simplement les cons. Il vaudrait mieux pour eux qu'ils soient vraiment infirmes les cons, ça leur porterait moins préjudice dans la vie et à nous aussi. La connerie c'est très grave et en plus ça n'est pas remboursé par la Sécurité sociale.

*

Quelquefois on te reproche d'avoir dit une connerie, mais en général quand il y en a un qui dit une connerie, il y en a toujours un autre qui écoute la connerie. Et le plus con c'est pas forcément celui qu'a parlé.

*

Ce n'est pas ce qu'on dit qui est important, c'est ce que les autres comprennent qui est important.

*

Inventer quelque chose ça consiste à ramasser les idées des autres et à en tirer des conclusions auxquelles ils n'avaient pas pensé eux-mêmes.

*

Le meilleur moyen de répondre à un mauvais argument, c'est de le laisser se développer jusqu'à la fin.

*

Je suis prêt à vous parier ma chemise. Et si je suis joueur c'est bien parce que vous ne faites pas ma taille !

*

L'intelligence d'un discours dépend surtout de celui qui écoute.

*

L'histoire se répète, c'est dommage que ce soit nous qui payons les répétitions.

*

Dieu a dit : « *Mangez, c'est mon corps ; buvez, c'est mon sang ; touchez pas c'est mon cul.* »

*

Le monde est bien fait : Dieu croit aux cons et les cons croient en Dieu !

*

Dieu est mort, il y a une place à prendre !

*

Le mec qui croit à la résurrection, il peut toujours aller se faire enterrer à coté de Marilyn Monroe, ça prouve pas qu'il va être ressurexé, si je peux me permettre d'inventer un mot qu'est pas dans le dictionnaire. Parce que, à la rigueur l'espoir fait vivre, mais quant à mourir de ça, y a une marge !

*

Raconte pas ta vie, on a tous la même ! Aujourd'hui c'est vendredi, et c'est vendredi pour tout le monde !

*

Quel jour on est aujourd'hui ? Vendredi. Quel beau nom pour un Noir !

*

On dit un jour néfaste ou une journée faste ?

*

Vivement demain que tout soit comme hier !

*

Je me suis tellement habitué à rire que même si je devais mourir subitement, je crois que ça me ferait marrer.

*

J'ai trouvé mon épitaphe : « circulez y a rien à voir ! »

*

Si Dieu existe, vous lui ferez mes compliments !

Conférence
de
Coluche

CONFÉRENCE DE COLUCHE
LE 27 FÉVRIER 1986
À LA LOGE « LOCARNO 72 »
AU SIÈGE DU GRAND ORIENT DE FRANCE

LE RESPONSABLE DE LA LOGE, LOUIS DALMAS :
Coluche, je vous demande quelques minutes
de patience, pour me donner le temps d'abord
de vous remercier d'avoir accepté notre invita-
tion et de nous honorer de votre présence, pour
me permettre ensuite d'établir le contact avec
les amis qui vont vous écouter.

Vous le savez, l'appartenance à la Maçonne-
rie, et l'entrée dans un temple, dépouillent nos
sœurs et frères de leurs ornements extérieurs,
et ce n'est pas votre gloire qui nous intéresse,
ni qui m'a poussé à vous inviter.

C'est autre chose. Ce que je pourrais appeler
la façon dont vous avez conquis cette gloire.

Au moyen de trois ressorts qui éveillent en
beaucoup d'entre nous des résonances frater-
nelles : trois ressorts qui sont la provocation,
la satire et la générosité.

La provocation, qui paraît à chaque détour
de vos interventions publiques, dans la verve
rabelaisienne de votre langage, et qui est la
face percutante de l'indépendance. Vous êtes
un homme indépendant, Coluche, et l'indépen-

dance renvoie à une idée qui nous est chère :
celle de la liberté.

La satire, qui vous fait rire de tous et de
tout, sans respect des conformismes ni crainte
des autorités, et qui prouve que vous ne vous
sentez inférieur à personne. Votre ironie
n'épargne aucune origine, aucune conviction,
et cette salubre insolence s'inspire d'une autre
notion qui nous tient à cœur : celle de l'égalité.

La générosité enfin, qui vous a fait lancer
une retentissante campagne contre le malheur
et la pauvreté, et mettre votre impact sur les
foules au service d'une grande opération de
charité, et d'un projet de loi qui doit en assurer
le prolongement. Vous êtes un homme de
cœur, et cette attention portée au sort des
autres rejoint un sentiment que nous parta-
geons tous profondément : celui de la f   fraternité.

Liberté, égalité, fraternité. Ces synonymes ne
sont pas des jeux de mots. Je crois retrouver
leur écho, traduit à votre manière, dans
chaque expression de votre talent. Vous hono-
rez ces mots comme nous. Ils sont la vieille
devise républicaine, ils sont aussi la devise de
la Maçonnerie, et ils descendent tout à coup
du fronton des édifices pour prendre force et
chaleur lorsque, comme vous, on les fait entrer
dans la réalité.

Vous voyez que nous avons des raisons de
nous sentir proches, et le plus grand intérêt à
vous écouter.

Un mot encore, avant de vous donner la
parole. Ne soyez pas surpris si personne ne

vous applaudit. Nos obligations intérieures nous interdisent, pour respecter la sérénité de notre débat, de manifester nos sentiments. C'est une règle de discipline, mais pas une marque d'indifférence. Soyez assuré qu'en dépit de notre silence, vous êtes accueilli parmi nous avec un maximum de chaleur, de considération et de sympathie.

Coluche : Eh bien, si on n'a pas le droit d'applaudir, je me sens assez loin de chez moi...

J'ai reçu votre invitation avec plaisir, et j'ai vu une « tenue blanche mixte fermée ». Je me suis dit, merde, comment il faut s'habiller pour aller là. Alors, j'ai bien pensé à plusieurs trucs, et finalement je me suis fait expliquer, et ç'a été plus simple.

Alors voilà, le titre donc de la réunion, c'est « un nouveau pouvoir », avec un point d'interrogation.

Qu'est-ce que c'est qu'un nouveau pouvoir ? Si vous voulez, ça dépend du nombre de gens influents sur les choses de la société, que ce soit les mœurs ou la politique. Si beaucoup de gens décident que c'est un nouveau pouvoir, eh bien, c'en est un.

C'est marrant que vous posiez cette question, parce que vous, vous êtes un pouvoir qui, finalement, est secret, alors qu'on aurait bien besoin d'un pouvoir qui ne le serait pas.

Qu'est-ce que j'ai fait avec les Restaurants du Cœur ? Eh bien, d'abord, il faut dire que j'ai utilisé les médias sans leur dire au départ. J'étais sur Europe 1, j'avais une émission populaire qui me permettait de lancer une idée, et j'ai lancé cette idée.

Après ça, quand j'en ai parlé pendant deux mois à peu près, je suis allé voir les dirigeants d'Europe 1 et je leur ai dit, maintenant, ça ne va pas être facile de faire marche arrière, parce qu'on reçoit un courrier énorme, et ils ont dit, bon, d'accord, on va faire une journée.

Après ça, j'ai commencé à dire qu'il n'y avait qu'à taper dans les excédents de production, parce que ça nous permettrait d'avoir de la nourriture pas chère, et donc de nourrir tout le monde.

Après, je suis allé au ministère de l'Agriculture, et je leur ai dit voilà ce que j'ai fait, alors maintenant, il faudrait...

Le défaut des lois en général, disait un homme de pouvoir, c'est qu'elles sont souvent en avance sur les mœurs, à part quelques-unes qui sont très en retard. Vous voyez les élections d'aujourd'hui par exemple, personne ne sait de quoi il s'agit. Personne ne sait comment il faut voter, ni pour qui ni pour quoi. On sait pas. C'est très vague dans le public.

L'intérêt des Restaurants du Cœur, c'est que d'abord on fait quelque chose qui est populaire, et qui fera l'objet d'une loi ensuite.

Et puis autre chose, à propos du pouvoir, est-ce qu'il y en a un nouveau, est-ce qu'il y en a pas un nouveau, en tout cas, il y en a un qui est à prendre. Ça, c'est sûr.

Parce que si on regarde un peu les sondages, on s'aperçoit que dans l'année il a été fait 540 sondages, comme d'habitude en France par an, alors que les États-Unis en font je crois 180. Là, c'est un truc extraordinaire, nous, on est extrêmement balèzes, on est très forts. Alors, il y a un sondage qui dit que soixante-deux pour cent des Français pensent que les hommes politiques sont des menteurs. Il y en a soixante-dix pour cent qui pensent qu'ils s'en foutent, et quatre-vingt-quinze pour cent qui pensent que c'est tous les mêmes.

Mais il y en a soixante-deux pour cent qui pensent que c'est des *menteurs,* au sens euh... tranché du terme, c'est quand même important, des menteurs... Et le même sondage dit que quarante-trois pour cent des Français pensent que la presse est trop militante, qu'elle est trop attachée à la politique.

Ça veut dire que... Par exemple, j'ai entendu Mourousi parler hier ou avant-hier sur Canal Plus du fait qu'il allait pas voter. Je pense que Yves Mourousi, c'est un leader d'opinion. Je pense que si une petite douzaine de personnes comme ça disaient ça en France, on arriverait à des pourcentages d'abstention effarants.

Car si on regarde bien, à part les politiciens, et puis la presse qui s'est donné ce titre de quatrième pouvoir avant de l'avoir parce qu'évidemment elle risquait de passer à travers, à part des gens comme ça, je vois pas très bien qui pourrait le prendre, le pouvoir...

Alors, en fait, la question est-ce que c'est un nouveau pouvoir, ça dépend aussi si vous le voulez ou pas ! Et pour qu'on sache si c'est bien, si ça plaît à tout le monde, il faut le faire.

Parce qu'effectivement je parle de ça pour les Restaurants du Cœur, mais il y a plein d'applications au système. À partir du moment où on est en position d'utiliser les médias pour faire autre chose que sa profession, ou d'utiliser sa profession pour faire autre chose, il y a beaucoup de possibilités.

Moi j'ai choisi les Restaurants du Cœur parce que d'abord on a des excédents de production en Europe. D'autre part, l'Europe achète en plus de la nourriture à l'étranger, qu'elle stocke pour revendre après sans jamais l'utiliser, pour des raisons de commerce extérieur, de change avec d'autres pays. On se retrouve donc avec des excédents effarants.

Si on prend l'exemple du beurre, le beurre ne peut pas être vendu plus de 4 F par la Communauté après l'avoir conservé vingt-quatre mois et les vingt-quatre mois de conservation d'un kilo de beurre coûtent 6 F... C'est-à-dire que s'ils nous le donnent, ils gagnent 6 F ! C'est beaucoup...

Notre système administratif est donc l'objet d'un tas de conneries de ce genre-là. L'affaire des Restaurants du Cœur, ça l'intéresse, parce que ça prend à la Communauté européenne très peu de quantités de nourriture, et que ça coûterait aussi très peu à l'État de faire un crédit d'impôt sur le sujet. Dans l'ensemble, c'est jouable sur les deux tableaux.

154

Alors, aujourd'hui, j'ai fait faire une loi par des énarques qui n'avaient pas réussi à devenir ministres, donc davantage intéressés par le fait d'en faire une alors qu'ils en auraient jamais l'occase donc ils ont fait ça vraiment bien, voyez... Après ça, je l'ai portée à droite, à gauche (c'est le cas de le dire), et puis ils ont tous mis leur grain de sel, ils ont tous pensé que c'était une bonne idée, on a réussi à en réunir quelques-uns avec beaucoup de difficultés, à la télé, dans une émission...

Si ça a pu se faire, cette affaire-là, c'est parce que c'est le show-business qui l'a faite. Tout le monde dit maintenant, c'est Coluche qui a fait tout ça, c'est pas exactement vrai, c'est vraiment l'utilisation du média Europe 1 et puis tous, tous qui étaient pas au courant...

La notion que je tirerais de cette affaire-là, c'est que pour réussir à faire du bien, déjà il a fallu baiser tout le monde... Ça, c'est vrai ! Y a pas un mec qui m'a dit, moi je veux bien... Y a des mecs à qui j'ai dit voilà maintenant on va le faire, parce que voyez... Là, ils ont accepté.

J'avais fait l'opération d'Europe 1 avant que l'agriculture soit forcée d'accepter l'ouverture des produits européens... je les ai abusés partout, quoi !

Alors je disais qu'il n'y a que ma profession qui peut faire ça, dans l'état actuel des forces. Si c'est un parti politique qui a l'idée, les autres le suivront pas, donc la moitié des médias se ferme d'un côté, si c'est un journal qui a cette idée, les autres le suivront pas, si c'est une chaîne de télé, les autres suivront pas, parce que ce serait faire faire une publicité trop belle à quelqu'un.

Donc, il y a vraiment que dans le show-business où on peut trouver des frères et des sœurs... enfin des potes, nous on appelle ça, de toutes les couleurs... C'est vraiment le show-business où on peut trouver des gens qui sont engagés à droite et à gauche, et qui s'en foutent.

C'est un peu ça le rapport avec vous... Comme le disait mon introduction, vous laissez tout dehors, en entrant. Nous, c'est un peu le même style, on n'est animé que par le spectacle.

Quand j'ai amené cette idée-là, travaillant avec un mec qui s'appelle Lederman, qui n'est pas venu parce qu'il n'a pas été invité, mais qui est largement plus important que moi, dans l'affaire et dans ma carrière aussi, on a un sens du spectacle, on était sûrs qu'on allait faire un coup fumant, si on s'y mettait tous. Et quand on est tous animés par cette même idée que ça va faire un truc formidable, il faut en être.

Voilà. À partir du moment où nous, dans le spectacle, on a cet état d'esprit, on peut se réunir sur une idée, avec un ou deux leaders d'opinion dans l'affaire, qui amènent le reste.

Là j'avais Montand avec moi au départ, qui est très important. J'avais la promesse de Jean-Jacques Goldman de faire un disque pour les Restaurants du Cœur. C'est lui qui couvre avec Renaud (c'est aussi un camarade à moi) entièrement ce qui se vend en disques,

156

ou presque, en France. C'est très important, et c'est les jeunes.

Alors, on s'est d'abord réunis entre nous. Il y avait des militants du R.P.R. qui étaient avec moi. Je pense à Daniel Guichard, à Gérard Lenorman, c'est vraiment des militants, qui font les galas, un truc que je ne fais pas. Eux, ils font les galas, ils vont chanter dans la première partie de Jacques Chirac.

Ces mecs-là, je leur ai dit : tu sais, je l'ai fait, mais le ministère de l'Agriculture (socialiste) m'a aidé. On s'en fout de ça, on y va. On va le faire. Ça c'est une des raisons que ça réussit, parce que c'est à partir d'une profession généreuse que ça se fait. C'est une profession qui est habituée à donner. Et puis le public sait ce qui se passe.

Il y a quelque chose de désagréable, c'est que ce qui a peut-être plu aux gens un peu plus que dans les autres affaires, c'est qu'ils sont sûrs que l'argent sort pas d'ici, qu'on va s'en servir. Alors que quand on l'envoie en Afrique, ils ont peur que ça n'aille pas aux Africains. Il y a un côté « comme c'est en France, c'est mieux ». Ça, c'est un peu emmerdant. Mais enfin, bon, on ne peut pas se plaindre non plus. Et puis ils ont bien marché, je crois surtout, parce qu'ils savent que nous, on ne va pas détourner l'argent. Ça, c'est vachement important aussi.

On est donc arrivés d'abord par la force de cette radio, j'avais la chance d'y faire une émission qui était vachement écoutée, ça m'a beaucoup aidé, alors je vais vous dire où on en est maintenant.

On a réuni à peu près 45 millions de francs en dons, en espèces. Je ne peux pas évaluer les dons en nature qu'on a recueillis. Je peux vous dire que la première semaine de distribution a été faite que sur les dons en nature, et que pendant les trois mois de l'hiver, on va dépasser sept millions de repas, qui nous coûtent 4,98 F rendus sur place, par personne. Avec le transport. Tout. Rendu sur place, ça nous coûte pas 5 F.

Autant vous dire que les associations font une drôle de gueule. J'ai assisté à une réunion à la Fondation des associations caritatives, et le Secours populaire s'est levé à un moment, il a dit : moi, monsieur, j'ai fait un million de repas l'année dernière. Les autres ont pas parlé, parce qu'ils en avaient pas fait autant, donc ils pouvaient pas parler.

Ça prouve que les associations sont loin derrière, qu'elles ont un prix de revient par repas beaucoup plus élevé que le nôtre, et qu'il y a une poussière énorme à réformer. Et je ne parlerai que de la poussière.

Alors, voilà, peut-être qu'aujourd'hui il s'agit d'un pouvoir... Moi, euh... je ne suis pas un mec de discours, donc je vais m'arrêter là, je vais vous laisser les questions. C'est bien de parler d'un nouveau pouvoir, et de se poser la question, mais vous, vous en êtes un. Une société aussi influente et secrète que la vôtre, ça me fait un peu penser à ce banquier suisse qui, pour les Restaurants du Cœur, m'a envoyé un chèque sans le signer en me disant qu'il voulait rester anonyme. Voyez. Voilà.

Louis Dalmas : *J'ai deux questions à vous poser avant d'ouvrir le débat. La première. Vous avez parlé du pouvoir du show-business. Mais ce pouvoir repose essentiellement sur le contact avec le public. Est-ce qu'il n'est pas empreint d'une certaine fragilité dans la mesure où le pouvoir politique a toujours les moyens de couper ce contact ? S'il y a une censure des médias, par exemple, si on vous empêche de parler, si on vous empêche de profiter des émissions, que devient ce pouvoir ?*

Coluche : Pour vous donner une idée. Il y a en ce moment dans toute la Belgique 39 Restaurants du Cœur. En France, il y en a 600. À Bruxelles, il y en a 17, à Paris, il y en a 4. Et sur ces 4, il y en a un qui nous est donné par l'archevêché, à l'église de Saint-Merri. Donc effectivement, il y a des forces qui pourraient s'allier pour détruire une affaire comme ça.

Et il faut que je vous dise aussi, je ne suis pas le premier à avoir eu cette idée, je suis le septième. La première loi qu'on a envoyée, elle date de 1956... six autres personnes, donc qui sont députés, l'un de la Creuse, l'autre de je ne sais pas où (je ne sais pas non plus où est la Creuse), ces types-là ont envoyé une loi qui disait exactement la même chose que moi, c'est-à-dire qui constatait le fait que les plus généreux sont les moins riches, et qu'il fallait donc faire une loi qui soit incitative pour les moins riches à donner aux associations.

C'est ce que j'ai fait faire, et c'est la septième fois qu'on propose ça. Ça veut dire que six fois on a enterré le député de la Creuse.

Moi, je pense que je vais être plus difficile à enterrer que le député de la Creuse. Parce que j'ai pas l'intention d'arrêter ma carrière en même temps que les Restaurants du Cœur, et ils n'ont pas fini de m'entendre.

Aujourd'hui, j'ai une proposition... j'ai fait faire un projet de loi qui a fait l'objet d'une rectification par Alain Juppé du R.P.R., par Pierre-Christian Taittinger de l'U.D.F. (vice-président du Sénat), par le groupe socialiste, qui en a rajouté même par-dessus, et il y a un projet aussi du groupe communiste de M. Lajoinie. Ça veut dire que les quatre partis ont dit qu'ils étaient d'accord. Si jamais ils le font pas, ils montreront une nette volonté de l'avoir fait exprès. Et ça, euh... avec la gueule que j'ai ouverte, ils vont avoir du mal.

La loi doit être votée en octobre, et moi, en septembre, je remonte sur scène. J'y suis pas allé depuis cinq ans, et avec Lederman, vous pouvez être assurés que ça va se savoir. Donc, je compte là-dessus, et sur le show-business aussi.

Cette loi permet aux particuliers de donner sur leurs impôts directement une somme plafonnée, dont soixante-dix pour cent seraient pris en compte par l'État, c'est-à-dire qu'elle est vraiment incitative pour les bas revenus, puisque la loi à l'article 238 *bis* du Code général des Impôts ne bouge pas pour les autres. Il est évident qu'elle nous permettrait de ramasser suffisamment d'argent pour nourrir tout le monde. Donc, si jamais il y a un nouveau pouvoir politique qui s'y oppose, ce sera une volonté délibérée,

160

et de là à ce que j'utilise le nouveau pouvoir en question pour décider d'autres personnes que Mourousi à dire qu'il faut pas voter, ça, je ferai ce que je peux...

De toute manière, il y a un truc qui est sûr, c'est que j'ai trouvé un créneau, et tant que je parlerai au public, je leur parlerai de ça. Je leur parlerai de la possibilité qu'ils ont de débarrasser le pouvoir de ce qu'il ne fait pas, ou de ce qu'il fait mal. Ça c'est mon intention.

Pour 1988, j'ai aussi une idée sur le chômage qu'ils vont avoir du mal à ne pas accepter. S'il y a un truc qui n'est pas populaire, c'est bien le chômage.

Pour les Restos du Cœur, mon idée n'est pas mirobolante, puisque je suis le septième à l'avoir eue. Seulement, la manière dont on utilise justement ce pouvoir en question, c'est ça qui est payant. Je m'engage par exemple, tous les ans au moment où les gens doivent décider de leurs impôts, à faire une journée... une représentation télévisée avec plein d'artistes en disant aux gens : je vous rappelle que c'est maintenant que vous avez le choix de ne pas laisser l'État décider du sort des pauvres, puisqu'il le fait mal.

Louis Dalmas : *Coluche, j'ai une autre question à vous poser. Vous avez dit tout à l'heure que vous aviez ramassé 45 millions de francs. Que, à la fin des trois mois, vous alliez servir sept millions de repas à 5 F. Ça fait 35 millions. Que deviennent les 10 millions qui restent ?*

COLUCHE : Je n'ai aucune idée. Alors là, franchement, j'en sais rien. Au début, on achetait en moins grandes quantités, et les repas nous coûtaient 6 F. Maintenant on est arrivés à ces résultats, parce qu'on achète en quantités plus importantes.

En tout cas, je peux vous dire que tout le monde est bénévole. La seule personne qui est salariée est une secrétaire qui travaille à la tour Montparnasse, dans un local prêté par l'O.F.I.V.A.L. En dehors de ça, on n'a fait aucun frais.

Alors, effectivement, il y a des problèmes comme ça de quantités au début, à la fin, je n'ai même pas fait le calcul. Je suis sûr des chiffres qu'on me donne. C'est géré par les Écoles de commerce de France, par des jeunes de vingt ans dont c'est la vocation d'apprendre à gérer des affaires. Pour leur région, pour trois mois, puis après on les remplace. Normalement, il ne doit y avoir aucune fuite.

QUESTION : *Coluche, de tout temps, les auteurs dramatiques et les comédiens ont fustigé les travers de leurs contemporains. L'un des plus illustres fut, vous le savez, Molière, qui a eu la plume et l'expression mordantes face à la cupidité, l'avarice, les faux-semblants, les faux dévots. Alors il me semble, Coluche, que vous êtes dans la tradition de Jean-Baptiste Poquelin... Ça vous fait plaisir ?*

COLUCHE : Oui, mais en même temps, ça m'inquiète, parce que je me dis que si lui n'a pas réussi avec le talent qu'il avait, c'est pas moi qui vais y arriver.

QUESTION : *Or, vous n'avez pas jugé cela suffisant, et vous faites œuvre charitable, face à l'ineptie de nos sociétés qui ont beaucoup de surplus, alors que des millions de gens restent affamés. Alors j'ai une question à vous poser : par votre métier de comédien, par votre action humanitaire, qu'estimez-vous apporter aux gens qui vous voient et vous écoutent ?*

COLUCHE : Je voudrais rectifier simplement le mot que vous avez dit de « charité ». Il ne s'agit pas du tout de charité, il s'agit de redistribution. Il s'agit en fait de politique. Je me suis présenté en 1981 pour rien, maintenant je ne me présenterai plus, mais je vous gênerai toujours un petit peu. Sur des détails, des choses, et surtout je veux faire participer le maximum de gens. Peut-être qu'à ce jeu-là je vais me casser les reins, mais je m'en fous, tout le monde a le droit de s'amuser. Moi, c'est mon jeu.

Qu'est-ce que j'ai l'impression de leur apporter, c'est ça la question ?

Il est évident que, dans le spectacle, on est des parasites, parce qu'on ne produit rien. Par contre, il est indéniable qu'on apporte quelque chose à des tas de gens. La profession... si vous prenez des artistes je dirais de sensibilité différente, eh bien, il y en a un qui plaît aux personnes âgées, un aux enfants de huit à douze ans, un aux adolescents... L'ensemble de l'affaire comble tout le monde. C'est ça, notre profession. C'est une vocation, on aime distraire.

QUESTION : *Ne pensez-vous pas que, notamment, dans le cadre de ce renouvellement tout à fait quotidien ou hebdomadaire de ces contrats, le pouvoir du comédien n'est finalement qu'un peu illusoire, car s'il va trop loin, il suffit aux dirigeants de ne pas renouveler le contrat ?*

COLUCHE : Absolument. Je suis tout à fait de cet avis. D'autant que ce pouvoir n'existe que parce que ce n'est pas une institution. Donc si ça en devenait une, il perdrait de son pouvoir. Il est vrai, parce qu'il est léger en même temps. C'est sûr, absolument sûr.

D'ailleurs, vous savez, vous parlez de ça comme d'un pouvoir, vous jugez le résultat, parce qu'en fait, au départ, comme le disait M. Dalmas, je ne suis ministre de rien d'une part, et puis, je n'ai même pas de culture.

Notre profession, notre vocation à nous les artistes, c'est de séduire, et de surprendre. Il faut être aussi là où on ne nous attend pas. C'est certain que si un jour toutes les forces se mettent contre nous, qu'on essaie de constituer ce pouvoir en institution, à ce moment-là, on n'aura plus la faveur du public, puisque justement on sera un pouvoir de plus. L'intérêt justement, c'est ça, c'est d'être frondeur.

On peut quand même faire beaucoup de mal à la politique. Cela dit, la politique nous le rend bien, même à ceux qui font rien. Mais on peut lui faire beaucoup de mal en appelant à l'abstention. Et en partant d'une idée, par exemple, qui serait inexploitée, parce qu'elle aurait été soit gardée secrète, soit endormie dans un coin, et qui pourrait rassembler tout le monde. Parce qu'en fait le problème c'est qu'aujourd'hui le public croit encore à certains hommes politiques, mais plus à aucun parti.

Voilà pourquoi le pouvoir est à prendre. Une fois c'est la gauche qui gagne les élections, une fois c'est la droite, mais c'est jamais la France. Alors on en a marre, on n'en veut plus. Ça nous sort par les yeux. Alors justement, si des fois il y en avait un qui se levait au milieu, et qui s'appelait Yves Mourousi, on pourrait le pousser loin. Eh oui, parce que c'est vrai, qu'il faudrait le pousser de loin, Mourousi, il va pas être président de la République l'année prochaine, mais en 2002... Ah, y a pas, c'est du boulot d'amener un mec à la présidence ! C'est pas demain qu'on peut faire ça !

Cela dit, mon exemple à moi... je dis que j'essaierai toujours de les emmerder, c'est vrai, mais y a rien qui prouve que j'y arriverai, vous avez raison. Mais l'exemple peut servir à un autre.

Si vous voulez, le truc... je crois, ce qui fait la fragilité des médias, c'est les situations. Moi j'ai fait mon histoire parce qu'on est dans une période électorale, où manifestement les journaux ne veulent parler que de ça pour sensibiliser l'opinion, et où les cadors retiennent leur souffle jusqu'au dernier moment pour dire leurs noms sur les listes. En même temps, on parle d'eux, mais eux ne parlent pas. Pour exploiter la politique en ce moment, on peut tout prendre. C'est comme ça que je me suis présenté aux élections en 1981, et c'est comme ça que j'ai fait les Restaurants du Cœur. C'est une situation qui est favorable, et qu'on a choisie à un moment précis.

QUESTION : *Coluche, pensez-vous que ce soit une bonne chose que les artistes s'engagent politiquement ?*

COLUCHE : Les artistes, ou les Nègres, hein ? Je ne suis pas raciste. Alors ça, les racistes, les pédés, les Nègres, les Blancs, les vieux, les jeunes, les femmes, tous ceux qui veulent peuvent s'engager. Y a aucun problème. Pourquoi, les artistes, on est différents ? Je sais pas quoi vous dire. Pourquoi pas ?

QUESTION : *Coluche, j'ai eu l'occasion de rencontrer des comédiens, des metteurs en scène, des compositeurs de musique comme Francis Lai, et des metteurs en scène comme Robert Hossein et d'autres, et leurs motivations étaient très différentes. C'est pourquoi je me permets de vous demander : qu'est-ce qui vous motive en fait vous-même ? Est-ce que c'est l'argent, la notoriété, ou tout simplement le plaisir, sous toutes ses formes ?*

COLUCHE : Bonne question, comme disait le politique, je vous remercie de me l'avoir posée... Qu'est-ce qui me motive ? Je ne sais pas. C'est l'occasion, je crois. J'avais pas d'intention au départ. J'ai fait comédien, parce que je voulais plus être ouvrier. Alors j'ai commencé à chanter avec une guitare dans les restaurants, et puis j'ai rencontré des mecs qui ont fait un café-théâtre, le café-théâtre a marché, et je suis un miraculé du spectacle, au sens où j'ai jamais connu de salles vides...

J'étais dans une première affaire, qui s'appelait le Café de la Gare, qui a tout de suite marché, puis après ça, j'ai joué tout seul, ça a tout de suite marché. Donc j'avais pas une intention au départ. Je me suis pas dit : j'ai une culture donnée, à quoi est-ce que je vais utiliser ce talent. Non. J'ai découvert un talent au fur et à mesure que j'apprenais un métier, et je me suis retrouvé dans une situation...

Je me suis présenté en 1981 aux élections, pour ne *pas* être élu, parce qu'il faut quand même pas me soupçonner d'avoir voulu être élu, ça me fâcherait, ça me vexerait disons... je me dis que... le public étant totalement désintéressé de la politique, comme moi j'aime la politique, je trouve un moyen d'intéresser le public à la politique. Voilà.

Alors vous posez la question comme si j'avais pu calculer l'affaire, en fait... je vais vous répondre, pour l'argent, que quand j'ai gagné une certaine somme que je veux pas dépasser à cause des impôts, je m'arrête, en général dans l'année... la gloire m'intéresse parce que c'est ma vocation, et enfin, les comédiens veulent être le plus connu du plus grand nombre... En dehors de ça, je dirais que ce qui m'anime le plus, c'est l'efficacité du résultat. C'est vraiment ça qui me fait le plus marrer, qui me fait le plus plaisir. J'y passe beaucoup d'heures, aux Restaurants du Cœur, mais c'est d'une efficacité ! Qui a de quoi réjouir !

QUESTION : *Vous avez démontré — en fait, on le sait — que les médias aujourd'hui, journaux, télévisions en particulier, radios, ont un impact considérable. Le problème que je me pose de temps en temps, c'est les gens qui en sont responsables, c'est-à-dire pas spécialement artistes, les journalistes en particulier, sont-ils parfois assez formés pour savoir ce qu'ils disent, et ne risquent-ils pas d'avoir dans les mains un instrument beaucoup trop puissant, qui risque d'orienter le public vers des voies... peu importe, qui sont fausses, mauvaises, vers d'autres...*

COLUCHE : Oui, à qui on va donner finalement le pouvoir suprême au-dessus de tout ça, de juger si les actions sont bien ou pas bien ? Il y a beaucoup de raisons pour qu'un pouvoir décide que mon truc est pas acceptable, parce que d'abord c'est une loi, j'ai pas à avoir fait une loi, il faut être député pour déposer une loi, donc je l'ai fait déposer par des députés, ça sera légal, mais si vous voulez, sur le principe philosophique, il y a quelque chose de gênant pour les purs et durs. Et ceux-là, ils sont à droite, hein, ils sont pas à gauche. Les fermes et définitifs, je vais te dire...

Bon, alors, ça, c'est une raison. D'autre part, à cause de ma personnalité, y a beaucoup de gens, je pense par exemple au *Figaro*, à des gens qui sont très importants, qui représentent à la fois *France-Soir* et *le Figaro*, c'est-à-dire le groupe Hersant, qui représentent un grand nombre de lecteurs en France, et un grand nombre de lecteurs *spécialisés* je dirais, parce que *France-Soir* est très populaire, et *le Figaro* est très bourge (bourgeois, pardon...), ce qui veut dire que finalement il a voulu, en ne suivant pas mon opération, montrer sa force, et il a démontré sa faiblesse. Parce que ce pouvoir des médias, il n'a d'intérêt que s'il y a quelqu'un. Je vais vous dire : moi, j'ai augmenté dans ma tranche de cent quarante-quatre pour cent l'audience. Celui qui vient juste derrière moi, il a augmenté de soixante pour cent, et celui qui est le plus loin de moi, c'est-à-dire le matin à 5 heures, il a encore augmenté de seize pour cent.

Ça veut dire que, quand on a une raison d'ouvrir une radio, après on la laisse, pour être sûr de retrouver le mec le lendemain. Quand on a une raison d'ouvrir une radio à une heure précise, c'est qu'à cette heure-là on peut l'écouter. Donc le pouvoir du média, il est pas si important que ça sans les orateurs.

D'ailleurs, c'est vraiment un problème aujourd'hui, les orateurs, le langage des hommes politiques, qui se reprochent les uns et les autres la crise, alors qu'on sait qu'elle est pas française. C'est ça aussi qui fait chier, on s'en fout de tout ça. Qu'ils disent la vérité ! Et puis, dans une période de crise, on a envie de les entendre s'entendre, plutôt que s'engueuler!

Quant aux journalistes qui pourraient détourner la conversation et dire quelque chose, je vais vous dire la différence fondamentale qu'il y a entre notre profession... et je ne suis pas corporatiste, hein, contrairement à ce qu'on pourrait croire, mais en tout cas, il y a un truc qui est certain, c'est que nous, on fait une profession de générosité, alors que les journalistes font une profession qui est très proche de la méchanceté. Ils voudraient souvent sanctionner, avec leurs questions contenant des fois la réponse, ils cherchent un petit peu à être agressifs. Or, si la méchanceté suffisait pour faire fortune, il y a beaucoup de journalistes qui seraient célèbres. Malheureusement, ça n'a jamais suffi à personne, il faut quand même du talent.

Et n'oublions pas que le pouvoir qui est échu aux journalistes aujourd'hui à travers le fait que les hommes politiques ont perdu les pédales, ce pouvoir, il appartient à quatre-vingts pour cent à des gens qui, il y a encore cinq ans, étaient des lèche-bottes. C'étaient des mecs qui faisaient les pompes des hommes politiques il y a cinq ans. Ou il y a dix ans. Qui ont aujourd'hui hérité de ce nouveau pouvoir à cause de la faiblesse du discours politique.

Donc, c'est souvent des gens qui sont prêts à militer pour leur truc, et qui savent pas exactement quoi dire eux-mêmes, si on leur donne pas d'idées de base.

C'est vrai, il pourrait y avoir une autre vedette qui dise le contraire. D'ailleurs, y a Le Pen, pour tout vous dire... Sauf que, bon... on a remplacé nos vedettes de la politique. Avant, on avait Marchais, qui nous faisait marrer, et qui risquait pas de gouverner, donc qui était dans le cas à la fois d'être marrant et pas dangereux. Aujourd'hui, on a Le Pen. Qui est aussi dans le cas de pouvoir dire la vérité, puisqu'il gouvernera pas.

La différence que je dirais, pour dire une connerie, c'est que Marchais était de l'almanach Vermot, et que l'autre est de l'almanach Wehrmacht... Mais en dehors de ça, je vois pas bien la différence, parce que de toute façon, c'est inutile, quoi, et c'est sans intérêt... Ça nous fait pas courir un risque, en tout cas.

Quand j'ai dû commencer par prospecter les ministères concernés par mon affaire, je suis d'abord allé à l'Agriculture. Après ça, je suis allé à la Solidarité. C'était le minimum qu'ils pouvaient faire que de me recevoir et de me donner du pognon, puisque c'est carrément leur métier.

Donc, si vous voulez, vu que, moi, j'avais voté pour Mitterrand en 1981, quand je me suis pointé à droite pour leur demander de m'aider, ils m'ont dit : dites donc, vous n'allez pas nous la faire avec votre affaire socialiste, vous allez pas nous demander d'aiguiser le couteau pour nous le planter dans le dos. Ils ont été très réticents. Et puis finalement, sur le terrain, ça s'est toujours très bien passé. Dans toutes les municipalités où on avait besoin d'être réélu, c'est-à-dire dans toutes les municipalités, tout le monde était content de voir arriver les Restaurants du Cœur, c'était plus connu que le pape.

Mais, en dehors de ça, les instances se sont fait quelquefois tirer un peu les oreilles, oui, il y a eu le parti communiste et le R.P.R... Alors, le parti communiste, comme j'ai dit, il gouvernera pas, par contre le R.P.R., ça pourrait bien lui arriver. À mon avis, avec les contacts que j'ai encore en ce moment, je crois pas que le R.P.R. fera passer cette loi en octobre, pour plusieurs raisons : que ça doit pas être moi qui fais une loi, d'abord, surtout pas moi je dirais même, et que ces gens-là n'ont pas de leçons à recevoir d'une personne aussi vulgaire que moi. En règle générale.

QUESTION : *Si vous deviez donc vous effacer pour que votre loi passe, le feriez-vous ?*

COLUCHE : Comment... la question se pose pas. De toute façon, dans l'idée du public, ça sera toujours la loi Coluche. Mais effectivement, c'est pas moi qui la déposerai. Elle est déposée au Sénat par Taittinger, à l'Assemblée par le groupe socialiste.

Mais, il y a autre chose. C'est pas un jouet que j'ai fait pour le garder. Les Restaurants du Cœur, au départ, c'est une association à but non lucratif, et maintenant ça va être remplacé dans sa fonction par la Fondation des Restaurants du Cœur, laquelle va avoir une vocation réelle de fondation, c'est-à-dire de fédérer les associations de manière à leur redistribuer les bénéfices de cette affaire. Les

Restaurants du Cœur doivent disparaître au profit des associations. Je ne l'ai fait que pour leur donner. Mais dans certaines conditions. À condition qu'ils y fassent des repas à 5 F, et pas à 26 F. Alors ça, évidemment, je vais me battre avec eux pour ça, on va discuter. Mais, en tout cas, je l'ai fait que pour leur donner. Donc là-dessus, je suis imbattable, c'est le sans faute total. Non, ça c'est vrai.

Je ne sais pas si ça répond à la question, mais c'est pas nécessaire que je m'écarte, ça n'a rien à voir, et puis de toute façon, dans l'avenir, il se pourrait très bien que dans cinq ans, ou dans trois ans, je sois plus du tout vedette, et que ça soit, je sais pas, moi... Daniel Guichard qui soit la vedette la plus comique de France, ou la plus populaire, ça se pourrait sans pour ça qu'il soit un comique...

QUESTION : *Coluche, vous avez parlé de redistribution, ce qui m'a beaucoup intéressé, est-ce que vous croyez qu'on peut fonder une société sur ce mode de distribution? Là, je me mets à la place des personnes à qui vous allez porter le paquet, et je vous dirai que je sentirais la dignité drôlement atteinte... Je trouve que c'est très bien, étant donné actuellement la situation de la France. Mais est-ce qu'on peut véritablement instituer ce que vous avez fait très généreusement en principe? Est-ce que vous ne pourriez pas trouver une autre formule qui... quand même... c'est une forme déguisée de la mendicité...*

COLUCHE : Ah... qui indique qu'il y a des gens qui ne mangent pas. C'est-à-dire, on le montre, et c'est ça qui est déplaisant ? Je vous répondrai d'abord très simplement que si jamais il y a quelqu'un qui a une meilleure idée que moi, je ferai ce que je peux pour l'aider. Que donc, c'est ouvert, et que si des fois vous en avez une, il ne faut pas vous gêner. Mais vous avez quarante-huit heures...

Que, d'autre part, c'est la forme pour l'instant, et pour ce qui est pratiqué par les associations, je dirais c'est la forme la plus humaine qu'on ait trouvée. Les paquets qu'on distribue, le papier lui-même en plastique est offert par Carrefour, pour tout vous dire en ce moment (ça change parce qu'ils se relaient), et donc celui qui vient chez nous, il a le choix entre un steak, dans une barquette en plastique recouverte de Cellophane avec la date et le poids, comme au Prisunic. Pour une personne, hein, il a droit à cette viande fraîche, qui est de l'arrière de bœuf (parce qu'on n'achète plus les avants, c'était pas bon, on n'achète plus que des arrières, on a augmenté la qualité), soit une saucisse de volaille, qui est faite dans l'est de la France, qui est très bonne, soit des raviolis, soit des boîtes de poisson à cuisiner. Ça, c'est pour la viande. En légumes, on a le droit soit à des pâtes, soit à des pommes de terre, soit à du riz, soit à des lentilles, soit à des haricots, au choix. Pour le reste, on a droit soit à un fromage, soit à un yaourt, on a toujours un fruit, toujours un morceau de pain, et souvent une boisson. Et très souvent aussi, quelque chose en plus, parce qu'il y a toujours des dons en nature qui nous arrivent, principalement des gâteaux et des chocolats.

On distribue (euh... que je vous dise pas de conneries, parce que j'ai pas le papier) quatre fois par semaine une plaquette de beurre par famille et... non, trois fois par semaine du beurre, et quatre fois par semaine un litre de lait. Par famille. Celui qui vient chez nous, il passe devant un comptoir, il dit ce qu'il veut, il l'emmène, il en prend pour autant de gens qu'il veut, y compris pour sa voisine, personne ne lui demande une vérification quelconque, il emmène tout ça chez lui, et il est obligé de dire à personne qu'on lui a donné, c'est de la nourriture qui a l'air de sortir du Prisunic.

Alors, peut-être on peut trouver plus humain comme distribution, mais franchement, j'ai pas trouvé.

QUESTION : *Je voudrais vous poser une question, au sujet de votre loi, loi Coluche comme vous l'appelez. Je voulais vous demander si les avantages fiscaux que vous prévoyez en faveur de la Fondation qui remplacera l'opération Restaurants du Cœur, est-ce que vous prévoyez d'étendre ces avantages aux différentes associations qui poursuivent déjà, ou qui ont eu l'occasion de poursuivre le même genre de but, on peut citer le Secours populaire, l'Armée du Salut, les mouvements laïques, les mouvements chrétiens, etc. ?*

COLUCHE : Alors, je vais vous expliquer. Effectivement donc, une fondation fédère les associations que vous avez citées, qui ont déjà signé avec moi un premier accord au départ de notre affaire, disant qu'on allait s'entraider. Il s'agit de la Croix-Rouge, du Secours populaire, du Secours catholique (non, le Secours catholique y était pas, parce qu'il ne voulait pas signer avec le Secours populaire, mais en dehors de ça, ils ont pas chacun leurs pauvres...). Il y avait les Compagnons d'Emmaüs, les Petits Frères des Pauvres, enfin il y a je crois onze associations qui ont signé avec nous. On était douze dans la Fonda, au début de mon opération.

Donc, il est évident que la loi dit que ces sommes vont être recueillies sous le nom des Restaurants du Cœur, dans une fondation qui fédérera les associations caritatives, comme on les appelle, pour leur fonction nourricière. C'est-à-dire que moi je veux pas donner d'argent au Secours populaire pour acheter des vêtements, ou un emplacement plus important pour distribuer de la nourriture. Je ne veux donner de l'argent au Secours populaire que pour la nourriture. C'est-à-dire que jusqu'à concurrence de deux milliards de francs, ce qui permettrait de nourrir un million de personnes, parce que la vérité, c'est qu'il faut nourrir un million de personnes par jour en France, c'est ça. Nous, on a fait un score extraordinaire, parce qu'on est à 126 000 par jour. Aujourd'hui, on a eu une opération qui est lancée par le ministère de la Solidarité, qui va se servir de nos structures parce qu'on est les seuls à en avoir d'aussi importantes.

176

Le Secours populaire me dit par exemple : ma sensibilité consiste à recevoir des gens dans une pièce et à les faire manger tous ensemble parce que c'est fraternel, et tout ça. Mais c'est des gens qui ont commencé leur œuvre il y a quarante ans. À l'époque où il n'y avait que des clochards à nourrir, et il y en avait en tout en France 30 000. C'étaient des gens qui étaient pour la plupart alcooliques, et qui avaient pour la plupart choisi leur condition, il faut bien le dire.

Aujourd'hui, il y a un million de personnes à nourrir. Aucune des associations n'est prête à le faire, surtout pas sous cette sensibilité qui consisterait à agrandir la salle pour en recevoir plus. Parce que non seulement ça, ça coûterait du pognon, énorme, mais en plus, pour le coup, ce que disait la dame tout à l'heure se vérifierait : les gens qui vivent encore en famille, qui ont encore un loyer à payer, de l'électricité, du gaz, et qui n'ont plus de travail, n'emmèneraient pas leurs enfants manger avec des clochards. Tandis que venir chercher des paniers, ils le font.

Donc, je veux que les associations qui vont se fédérer avec moi prennent en considération cette avance qu'on a sur eux, aussi bien pour la qualité que pour le prix et la quantité.

QUESTION : *Coluche, des lois importantes de la République française sont sorties de cette maison. Nous avons l'habitude d'être récupérés, mais nous continuons à être présents. Est-il trop tôt pour vous demander quel est votre prochain combat ?*

COLUCHE : **Mon intérêt c'est pas d'en parler maintenant, parce que je dois faire l'essai au moment où ils seront dans leurs élections. Si ça doit sortir d'ici, je ne peux pas vous en parler. C'est une idée sur le chômage qui, si vous voulez, va mettre le doigt dans un autre engrenage.**

La question que posait le monsieur d'avant, c'était un peu ça : pourquoi finalement les autres associations n'auraient pas les mêmes droits.

On a mis aujourd'hui le doigt dans un engrenage pour la bouffe, parce que c'est facile à faire comprendre aux gens. Libre aux associations comme le Cancer, n'importe quoi, de trouver le tremplin pour participer. Ils ont effectivement mis le doigt dans l'engrenage, et je pense que c'est un des intérêts de l'affaire.

Le prochain doigt que je leur ferai mettre dans l'engrenage, c'est en fait contre le syndicalisme. Parce qu'en fait, il y a plein de choses qui sont empêchées d'être faites par des lois gouvernementales, et d'autres par des lois syndicales... Krasuk, il est en perte de vitesse de toute façon. Si on le compte à la proportionnelle, il faut qu'il ferme sa gueule.

QUESTION : *Coluche, deux questions. Une qui rejoint celle qu'on vient d'entendre, mais peut-être d'une autre façon : on parlait tout à l'heure de précarité de votre pouvoir, et on parlait de votre action « chômage » que vous étiez prêt à mener avant 1988, si c'est précaire, pourquoi ne pas mettre ça en action tout de suite ? Ça, c'est la première question.*

COLUCHE : Faire deux choses à la fois, c'est pas bien. Dans notre métier, on a un truc qui est sûr, c'est que les effets s'annulent. Donc quand on en fait un, il faut pas chercher à en faire deux. Il y a une modestie à notre profession qui est intérieure, si vous voulez, si on veut cumuler deux effets qu'on a trouvés, ça marche pas.

QUESTION : *Est-ce que vous pensez que, dans le cas du pouvoir qui nous préoccupe depuis tout à l'heure, certains artistes font de l'abus de ce dit pouvoir ?*

COLUCHE : Oui, probablement. Tout le monde est autorisé à faire ce qu'il veut, de toute façon. Moi j'ai déjà entendu des artistes dire que finalement les artistes étaient très importants, comme si eux en étaient... Mais le public se laisse pas prendre.

QUESTION : *Michel, je me permets de t'appeler fraternellement ainsi, je te remercie parce que tu as des propos extrêmement percutants. Mais je voudrais te poser deux questions, en me servant d'un proverbe de Mao, qui dit ceci : quand votre voisin de palier se présente à votre porte, pour vous demander un morceau de poisson, vous lui en donnez. Le lendemain, s'il se présente, est-ce qu'il ne serait pas possible de le prendre par la main pour aller lui apprendre à pêcher le poisson ?*

COLUCHE : Je peux répondre déjà à celle-là ? Mao Tsé-toung, il a un gros inconvénient sur moi, c'est qu'il est mort. J'ai du respect pour certaines choses et quand il a dit ça, c'était sûrement vrai. Mais aujourd'hui, on donne pas du poisson à quelqu'un qui sait pas pêcher, on donne du poisson à quelqu'un qui sait pêcher, mais qui n'a pas de lieu de pêche. Ce qui est tout à fait différent.

Parce que quand j'ai dit qu'il s'agit pas de charité, mais de redistribution, il s'agit d'excédents de production alimentaire européens, qui sont bloqués pour des raisons économiques et capitalistes, puisqu'on est dans un système capitaliste, sur ce plan-là du moins. Ils sont bloqués de manière à ne pas être écoulés à des cours inférieurs au marché, parce qu'il y en a des quantités excédentaires. Donc cet excédent, il appartient à la société, même si vous êtes pas agriculteur, il vous appartient à vous tous. Et c'est normal que ceux à qui la société n'a pas trouvé un travail, le bouffent. C'est un minimum. Il s'agit bien de redistribution, et pas de charité. Mao Tsé-toung, il avait sûrement raison à son époque, mais aujourd'hui, ça n'a rien à voir.

QUESTION : *Je voulais dire, en tant qu'originaire d'un pays dit en voie de développement, crois-tu qu'en donnant à manger aux chômeurs, ça va les inciter vraiment à travailler?*

COLUCHE : Ça, c'est une bonne question aussi. Le parti socialiste par exemple a dans son projet le minimum social. Alors je peux te dire que le minimum social, c'est-à-dire donner un minimum d'argent à tous ceux qui travaillent pas, c'est vraiment ouvrir la porte à l'Italie. Moi, je suis ravi, mais je trouve ça d'une connerie politicienne extraordinaire. Les politiciens à mes yeux ont un défaut majeur, c'est que, dans les écoles où ils vont, ils apprennent tout, mais ils savent rien d'autre. Et c'est très grave. Parce que le minimum social, les mecs vont évidemment continuer à travailler un peu au noir, la femme va divorcer et continuer à toucher ses allocations sur les enfants, ils vont se démerder et ils vont avoir ça en plus.

Tandis que le minimum pour la nourriture... Bon, s'il y avait une distribution meilleure, ça se passerait pas comme aujourd'hui : il faut faire une heure la queue dans le froid pour avoir ce repas, qui est de très bonne qualité, je vous l'accorde, mais qui dans l'ensemble justifie pas qu'on aille se geler les pieds une heure si on a de quoi s'acheter un repas. Si on a de quoi s'acheter à bouffer, on va pas faire ça tous les jours.

D'autre part, on ne peut pas fonder une idée... une distribution généreuse, en fait... sur une suspicion de fraude. On ne peut pas dire : il va y avoir des gens qui en abusent, donc je le fais pas. Ce serait une bien plus grande connerie que de le faire. Même si tout le monde en abuse.

Je veux dire qu'il y a des défauts à tous les trucs, je dis pas que c'est parfait, loin de là. Je dis même pas que c'est moi qui ai eu l'idée ! Mais en tout cas, c'est sûr que dans son efficacité, c'est imbattable... Je sais pas si ça répond bien à la question...

QUESTION : *Coluche, voici une dizaine d'années que nous vous connaissons, ou plu-*

tôt que nous vous suivons. Nous avons pu constater l'immense succès que vous avez remporté dans votre métier, au point de vue impact populaire. Sur le chemin de la montagne de la vie, monsieur, vous n'êtes pas encore arrivé en haut, je pense que vous avez encore beaucoup de chemin, et je vous le souhaite, mais tout simplement je voudrais savoir si vous pensez avoir rempli votre vie d'homme, c'est-à-dire vis-à-vis des vôtres, vis-à-vis de votre famille, et même des idées que vous vous faisiez de la vie ?

COLUCHE : Non, sur ce plan-là, j'ai tout faux. Parce qu'on peut pas jouer sa vie, comme on le fait dans nos métiers; à son travail, et avoir une idée de famille. Ça déjà, moi j'y crois pas. Enfin, j'ai essayé, et je l'ai raté. J'ai divorcé, ma femme en avait marre, c'était invivable.

Par contre, sur le plan de ma vie d'homme, j'ai jamais eu la prétention d'arriver là où je suis, donc là j'ai vraiment de l'avance, pour le coup.

Euh... pour ce qui me reste à faire, je m'engage à faire pour le mieux, mais je peux rien vous promettre, parce qu'on fait un métier où y a pas d'exemple de gens qui aient été connus toute leur vie. Il y a très peu de gens dans notre profession qui meurent célèbres. Si j'avais fait la liste par avance, parce que je me rappelle pas non plus du nombre de vedettes que vous avez dû connaître et qui sont absolument inconnues, vous seriez sidérés.

QUESTION : *Coluche, je crois qu'on peut dire que le premier média n'est ni la radio ni la presse, c'est la télévision. Vous avez d'ailleurs fait un tabac récemment sur TF1, je crois qu'on peut le dire. Ma question est la suivante : aujourd'hui, il y a une multiplication de chaînes dites privées, qui s'opposent dans leur conception aux chaînes contrôlées par l'État. Est-ce que d'abord c'est une chose qui vous paraît souhaitable d'une part, et d'autre part, d'après vous, dans votre action, dans votre engagement comme disait l'un de mes confrères, est-ce que ces chaînes privées vous paraissent plus à même de véhiculer votre message ?*

COLUCHE : Écoutez, je suis un peu emmerdé parce que vous me demandez mon avis là où je n'en ai pas. J'ai un avis professionnel sur les chaînes privées parce que ça touche ma profession, mais est-ce que c'est bien, est-ce que c'est mal, franchement, j'ai pas d'avis. Je crois plutôt que c'est une évolution irréversible.

Quand Mitterrand m'a demandé mon avis là-dessus (parce qu'il doit le faire avec plein de gens comme ça dans des déjeuners), qu'est-ce que vous en pensez, vous qui êtes du métier, est-ce qu'il faut faire des télévisions ou pas ? Quand il m'a parlé de ça il y a un an et demi, je lui ai dit oui, moi je pense qu'il faut laisser faire, parce qu'on va quand même pas vivre toute notre vie à la frontière de la Pologne pour ce qui est de la télévision.

On est pratiquement le seul pays d'Europe à avoir trois chaînes, il faut quand même s'aligner. Il faut donner une chance à nos enfants de voir des télévisions européennes, de voir autre chose que Joseph Poli le soir. Oui, je crois qu'il faut laisser se développer, mais c'est pas dans le sens du bien et du mal, c'est dans le sens de la profession.

Est-ce que c'est plus apte à véhiculer le truc ? Peut-être... oui. De toute manière, en politique comme en médias, avec la multiplication des médias, il faudra de plus en plus compter sur les hommes. C'est-à-dire que, quel que soit le média dans l'avenir, quelles que soient la Cinq, la Quatre, la Six ou la Deux, quand on se réunira pour faire un événement médiatique, on le fera. Je crois davantage aux hommes qu'aux moyens.

QUESTION : *Coluche, vous avez avec talent dénoncé l'incohérence du monde fou dans lequel on vit, et vous le faites depuis long-temps, depuis le Café de la Gare, on s'en amu-sait follement... Maintenant, ça devient plus sérieux, parce que vous avez quand même un public un peu plus large, bravo...*

Parfois on est affolé par la télé. Il y a pas encore longtemps, on a vu des tonnes de pommes de terre en Bretagne, des tracteurs qui passaient dessus, de temps en temps dans le Midi on fout les pommes aussi en l'air... Fina-lement, la France est un pays très riche, où on détruit la nourriture. Quel gâchis ! Et encore nous, on est un peu rodés. Mais faut se mettre à la place des pays du tiers-monde, quand ils voient ce travail, en se disant les Français, les Européens sont devenus fous...

Alors la question que je voulais vous poser

est la suivante : quelle est la réaction des grands groupes alimentaires ? Est-ce que vous les avez contactés, je pense à des groupes comme Nestlé, à tous ces groupes qui détruisent pratiquement la surabondance...

Également est-ce que vous avez des contacts avec la F.N.S.E.A., la Fédération nationale des syndicats d'exploitants agricoles, parce que ceux-là commencent aussi à pousser un peu j'ai l'impression, et sont à l'origine des destructions, en Bretagne, en Normandie, ça joue aussi dans le Midi...

Compte tenu de l'impact que vous avez, du travail que vous faites, est-ce que vous avez pris contact avec eux, quelle est la nature de ces contacts, et est-ce qu'on pourra peut-être arrêter un peu le gâchis ?

COLUCHE : Alors, il faut que je vous dise, pour ce qui est du spectaculaire vu à la télévision, les tonnes de pommes de terre déversées sur la route, c'est rien. Ça n'existe pas. C'est des quantités négligeables, et c'est simplement spectaculaire. Si on récupérait les pommes de terre au lieu de les jeter sur la route, on n'en aurait pas assez. Donc, c'est pas un problème.

Par contre en Europe, il y a 5 500 000 tonnes de pommes de terre en excédent cette année, et les Restaurants du Cœur de France, aujourd'hui, en achètent 50 tonnes par semaine.

Ça veut dire que, l'Europe, s'ils donnaient tout, il leur en resterait encore énormément. Alors, c'est là qu'il faut viser. Plutôt que d'aller demander à la F.N.S.E.A. s'ils peuvent nous réunir des agriculteurs qui en ont trop...

Parce que les agriculteurs qui en ont trop ne peuvent pas nous les donner. La F.N.S.E.A., c'est des gens charmants, avec qui on a de très bons rapports, mais elle ne nous sert à rien, parce que le producteur qui a un excédent le vend à l'État pour un prix cassé déjà, qui le dédommage du fait que sa production n'entre pas sur le marché au prix fort. Donc, l'État paie cette première somme.

Puis la Communauté européenne doit stocker un certain nombre de mois, trois mois pour la viande, vingt-quatre mois pour le beurre, les œufs et le lait, des produits qui lui coûtent énormément en stockage. C'est le stockage le plus cher.

Pour vous donner un exemple, nous on a acheté nos dernières 50 tonnes de la semaine (on les achète par 50 tonnes, parce qu'on a peu d'entrepôts qui nous sont prêtés), dans le Var, puisque c'est là qu'elles étaient stockées. Il y en avait 250 000 tonnes qui ont gelé. Et les 50 tonnes qu'on a achetées, on les a encore.

C'est sur des quantités énormes que ça se joue. Il y a autre chose. Là où on tape, c'est-à-dire dans les excédents de la Communauté, au-delà des délais de conservation obligatoires, c'est normalement revendu *hors* de la Communauté. Ça n'a pas le droit d'être vendu dedans. Ce qui veut dire que c'est revendu en priorité je crois à l'Algérie, après ça à l'U.R.S.S., et après ça à l'Afrique.

Or, quand on vend de la nourriture à des

gouvernements, ils s'en servent pour nourrir l'armée. Alors moi, je suis pas plus antimilitariste qu'un autre, mais pas moins, et j'ai rien contre l'Afrique. Mais enfin... nourrir les militaires, je m'en fous, il faut bien le dire, surtout si on n'a pas mangé avant, parce que quand même ça nous appartient...

Alors effectivement, il y a un rapport intéressant à faire entre le fait qu'on sensibilise le public sur le gâchis, mais ça ne représente pas des quantités intéressantes.

Pourtant, il faut quand même savoir qu'aujourd'hui, grâce à la F.N.S.E.A., on a le blé... on a grâce à l'État le blé à un prix préférentiel, et que pour toutes les quantités données aux minoteries de France, ils nous le transforment en farine gratuitement. On a aussi pas mal de boulangers industriels qui nous rendent du pain à la place de la farine, pour le même poids aussi. Ce qui est un beau truc.

Le deuxième volet de la question, c'est ce qu'on pourrait demander à Nestlé. Il y a beaucoup de gens qui sont intéressés à avoir le label Restaurants du Cœur. Par exemple, un grossiste de la chaussure française, qui donc m'intéressait pas du tout (je bouffe pas de grolles !), a trouvé cette combine de mettre dans chaque paire de chaussures « en achetant les chaussures Machin, vous venez de donner un repas, ou de participer à un repas pour les Restaurants du Cœur », et donc il a pu nous débloquer de l'argent de son budget de publicité.

C'est-à-dire qu'on pourrait envisager dans

l'avenir d'avoir des tas de gens qui nous servent tout au long de la chaîne bénévolement, qui auraient le droit d'utiliser le logo « Restaurants du Cœur ».

Par exemple, on a mis les grosses banques sur le coup, parce que évidemment la publicité qu'on leur fait, elle vaut de l'argent. Le Crédit Agricole pourrait bien avoir l'affaire. Pour ça, ils nous ont fait des avantages qu'ils ne donnent jamais, le crédit « a remere » par exemple, c'est-à-dire l'intérêt maximum sur toutes les sommes qui vous restent, sans avoir à les bloquer trois mois ou six mois.

Ça, déjà, c'est très important, parce que ça nous a tout de suite permis d'augmenter notre chiffre à trois mois. On a demandé aux entreprises de les payer à trois mois, et on a eu tant de repas en plus à distribuer pendant les trois mois.

D'autre part, ils nous ont donné en cadeau, pour les avoir choisis, un million de francs, et ils ont fait travailler des entreprises privées à ouvrir notre courrier 24 heures sur 24, en faisant les 3×8. Ils ont été vraiment très sympas, ils ont fait leur métier au-delà de ce qu'ils font pour leurs clients riches.

Parce que c'est un truc qui les intéresse, d'être liés en tant que sponsors à une affaire qui a ce retentissement national. Ça nous permet aussi d'envisager de tenir dans l'avenir avec d'autres choses que des dons. Il y a un bénévolat qui est intéressé par une espèce de sponsoring. Il y a des routiers qui voudraient bien avoir le droit de mettre sur leurs camions « Restaurants du Cœur ». Il y aura aussi de plus en plus de restaurateurs qui feront le hachis Parmentier une fois par semaine, c'est-à-dire que ça nous coûtera pas un rond, à trois heures de l'après-midi, à l'heure où de toute façon ils ont pas de clients, et dans leur ville ou dans leur quartier, ils seront le Restaurant du Cœur. Ça les intéresse.

QUESTION : *Coluche, je voudrais connaître votre sentiment sur le texte d'une affiche politique que j'ai découverte il y a quelques jours sur les murs de ma commune. Voici le texte, il est très court, je pense que vous devez le connaître, mais enfin je le relis pour tout le monde : « Coluche et des milliers de braves gens ont collecté 20 millions de francs pour ceux qui ont faim. Le même jour, les hommes politiques qui se faisaient de la pub autour de lui — (donc on parle bien des médias, là) — passaient commande de 1 200 chars à 20 millions de francs chaque. Devinette : où sont les enfoirés ? » Fin de citation de l'affiche. C'est signé L.O., je pense que ça veut dire « Lutte ouvrière ». Alors je voudrais connaître votre sentiment sur cette question.*

Deuxième question, c'est une parenthèse : puisque vous êtes un pote à Goldman, j'aimerais que vous puissiez nous dire ce qu'il a bien pu faire à certains médias pour qu'on le traîne autant dans la boue, alors qu'à mon avis c'est quand même quelqu'un qui a une certaine valeur.

COLUCHE : Je crois que, pour ce qui est de Goldman, il s'adresse aux adolescents, qui se foutent absolument des médias, des forces et des pas forces, et que donc il a donné aucune interview. Et comme il a rempli le Zénith pour un mois, c'est-à-dire une chose qui avait à l'époque jamais été faite, sans coller aucune affiche, sans aucune publicité, sans donner aucun article, il y a pas mal de gens qui se sont sentis vexés, dans des professions annexes à la nôtre, parce qu'on trouve encore des journalistes professionnels qui aiment le succès, mais pas à ce point-là.

Je crois que vraiment... c'est de la bêtise... ces gens-là ont fait une connerie. Parce que ça n'a pas empêché Goldman de remplir... Balavoine, quand il est mort, il a vendu 80 000 disques le même jour, et Goldman, qui est vivant, 100 000 le même jour. C'est le seul mec qui a fait ça... Et personne le sait. C'est un très gros vendeur. Il fait beaucoup d'effet aux jeunes, et si ce mec-là disait aujourd'hui qu'il faut se désintéresser de la politique, j'aime autant vous dire que dans quinze ans pour leur enlever ça de l'idée aux gosses, eh bien... ça sera dur.

Pour ce qui est de l'exploitation qu'on peut faire des Restaurants du Cœur, il y a pas que Farce Ouvrière qui a essayé, y a tout le monde.

En tout cas, nous on n'exploite pas les pauvres, on leur donne à bouffer. Ça, c'est clair. Et j'ai pas l'intention d'entrer dans les ordres, ni de m'acheter une soutane, ni de passer le reste de ma vie à faire des œuvres comme ça, je fais ça parce que j'ai la possibilité de le faire, et que franchement, dans ma vie d'homme, comme disait le frère tout à l'heure, ça m'aurait fait chier d'avoir la possibilité de disposer d'un pouvoir pour faire quelque chose de sympa, et ne pas le faire.

En dehors de ça, des exploitations, il y en a eu. J'ai vu des affiches socialistes dans le Nord, où il y avait un ruban tricolore en forme de cœur, et c'était écrit « les socialistes solidaires du cœur ». J'ai vu aussi « T'as voulu voir Vesoul, t'as vu Paris » du R.P.R., où il y avait écrit « T'as voulu voir le pouvoir d'achat, et t'as eu les Restaurants du Cœur ». Tout le monde l'a exploité.

Mais il faut dire aussi que ça faisait partie de notre idée, comme le disait le frère tout à l'heure, on est récupérés un peu de partout. On l'a cherché, parce qu'on avait besoin d'une récupération. Il fallait que tout le monde s'en serve, pour que le poids de cette affaire d'aujourd'hui reste un peu au mois d'octobre de l'année prochaine. Il fallait absolument qu'on soit récupérés, mais par tout le monde, c'était ça le problème. Et effectivement, on l'a été.

Et à partir du mois d'octobre, si la loi passe, on le fera tous les jours de l'année, toute l'année.

QUESTION : *Coluche, ma première question va rejoindre les aides qu'on apporte aux pays en voie de développement, et leur utilisation dans ces pays. Est-ce que vous pensez que l'exemple des Restaurants du Cœur, dans leur conception, dépassera les frontières européennes ? Si votre réponse est oui, sur quel plan pensez-vous que le monde entier devra vous situer ?*

Ma deuxième question : jusqu'où les Restaurants du Cœur iront dans les pays de la Communauté européenne, en tant que communautés fortement industrialisées ? Merci.

COLUCHE : Pour ce qui est du développement des Restos du Cœur dans la Communauté européenne, je vous ai dit il y en a 39 en Belgique. C'est très important, parce qu'il se trouve que par la coïncidence des langues, ça s'appelle aussi Restaurants du Cœur. C'est important parce que j'ai déjà fait, je crois, 22 télévisions étrangères sur le sujet, et ce matin j'ai été reçu par la presse étrangère à Paris, j'ai fait une petite conférence de presse pour eux, et ça les intéresse vachement. Mais ça ne pourra pas sortir de la Communauté européenne sous cette forme, parce qu'on ne place dedans que les excédents de production européens. Mon argument, c'est pourquoi les revendre alors qu'on en a tellement, et qu'on en consommerait si peu nous-mêmes. C'est ça l'argument.

Maintenant, pour ce qui est des pays en voie de développement, et principalement je dirais des pays en voie de pas développement, les pays les plus misérables du monde, j'ai fait commencer un travail, mais j'aurai vachement besoin d'aide là-dessus, parce que j'ai pas trouvé les bons éléments.

Il existe à l'armée ce qu'on appelle un « biscuit de guerre ». C'est-à-dire un truc immangeable, qui contient tout ce qu'il faut pour survivre. Sauf qu'il faut être à côté d'un robinet, parce que c'est un étouffe-chrétien que je vous raconte pas...

Moi, je vais faire faire un « biscuit de paix ». C'est un truc qui sera plus plat qu'un MacDo, et qui contiendra du miel, des noix, du sel, de tout ce qui faut... Enfin, je suis en train de le faire étudier, et... je peux pas vous dire, parce que là je m'avance un petit peu, on n'a pas fini vraiment de travailler dessus, mais ça va coûter 1,20 F au maximum, par pièce. Et ce sera un biscuit qui contient tout ce qu'il faut pour vivre.

Mais il va falloir vraiment m'aider, parce que là je suis planté là-dessus. J'ai l'idée, je le vois le truc, je sais bien comment il faut que ça soit, mais j'ai pas encore trouvé vraiment les spécialistes qui m'ont confirmé que ce truc-là n'allait pas vieillir d'abord, qu'il serait consommable toute sa vie, et que d'autre part, il n'y aurait pas de déperdition de ses qualités.

Pour l'instant, on est sur un produit qui est limité dans le temps. Mais enfin, de toute façon, avec le nombre de bouches qu'il y a à nourrir, je vois pas pourquoi on les entreposerait, hein... Enfin, c'est vrai qu'il y a d'autres idées à trouver là-dessus.

C'est certain, que par rapport à la misère du monde en général, puisqu'il y a même des peuplades en Afrique qu'il est impossible de nourrir du jour au lendemain (il faut d'abord les soigner, avant qu'on soit capable de les nourrir, puisque leur corps est tellement peu habitué, qu'il accepterait pas la nourriture — ça, c'est vraiment un autre travail qui est

davantage à confier à la médecine), mais...
c'est sûr qu'il y a des tas de misères dans le
monde...

Moi, encore une fois, j'ai fait ce bel effet-là
parce qu'il s'agit de nourriture, que c'est une
tradition française, et qu'il faut savoir que ce
sont les pauvres les plus généreux, et que
c'est eux qui bouffent le plus aussi. Les riches
achètent moins en poids de nourriture, individuellement, que les pauvres. Les gens les
plus pauvres, dans une société, ont tendance
à dépenser beaucoup dans un domaine où ils
peuvent, c'est-à-dire ils se rattrapent sur la
nourriture. Donc ça touche vraiment les gens
à un truc précis.

QUESTION : *Coluche, je vais me permettre de
vous poser deux questions. En 1981, vous
l'avez fait remarquer tout à l'heure, et on se
plaît aussi à le constater, vous avez fait un
vrai tabac médiatique en posant votre candi-
dature entre guillemets « bidon ». Pourquoi
n'avoir pas, à ce moment-là, monté votre opération Restaurants du Cœur ? Cela voudrait-il
dire qu'en 1986, il y a plus de pauvres qu'en
1981, et que cet appauvrissement, comme dit
Jacques Chirac, comme il l'a dit hier au soir,
serait dû au pouvoir socialiste ? Première
question.*

*Seconde question, qui me sert de transition
justement avec l'heure de vérité à laquelle est
passé Jacques Chirac hier au soir : à une question qui lui a été posée, consécutive à l'émission de TF1, et à son absence à cette émission,
Monsieur Chirac a répondu qu'en tous les cas
il n'avait pas voulu cautionner une opération*

qui, à son avis, servait à réactiver les soupes populaires (et son propos était tout à fait péjoratif)... et je voulais connaître, sur ce deuxième propos, votre sentiment, Coluche.

COLUCHE : Il n'y a qu'une seule réponse à vos deux questions. Effectivement, dans son discours, parce qu'il est en campagne électorale, Chirac a intérêt à faire croire que les pauvres qu'on nourrit aujourd'hui ont quatre ans d'âge, alors que vous savez les mecs qui font la queue chez moi et qui ont quatre ans, il y en a pas des masses... Maintenant, s'il fallait redistribuer les pauvres qui existent, c'est certain que les hommes politiques seraient tous en cause, et que c'est leur jeu de se les renvoyer.

Pour ce qui est du cautionnement qu'il n'a pas donné, il a quand même pas évité de le donner non plus parce qu'il aurait très bien pu interdire à Alain Juppé d'y venir. Je me suis rendu à la mairie de Paris pour le voir, je l'ai pas fait spécialement discrètement, ni derrière son dos. C'est vrai que j'ai demandé à le voir et qu'il ne m'a pas reçu, c'est vrai aussi que j'aurais du mal à lui faire croire que je suis R.P.R., je pense pas que j'essaierai d'ailleurs, et je pense que c'est la seule chose qui l'intéresse.

La seule chose que je constaterai, c'est qu'il dit du mal des Restaurants du Cœur finalement parce qu'il les croit socialistes. Il fait une erreur, que le public n'a pas faite, et les hommes politiques font suffisamment d'erreurs pour faire attention à ce qu'ils disent. Sur quelque chose qui est populaire il a tort de dire ça.

Les deux seuls à qui il reproche quelque chose, c'est le parti socialiste, et le Secours populaire, qui comme vous ne l'ignorez pas, est communiste.

Moi, j'ai vu Bérégovoy et Monory, puisque j'y étais dans l'émission pour les Restaurants du Cœur, et ils ont dit devant le public français qu'ils étaient tous les deux d'accord pour faire aboutir cette loi. Alors, comme ils seraient l'un et l'autre ministres des Finances, il est bien évident que si ça n'aboutit pas, comme c'est une loi de finances qu'il faut transformer, moi, j'aurai tout le loisir de les traiter de menteurs pour le restant de leurs jours, et que ça, c'est quelque chose que je risque de leur faire payer un peu cher. Donc, peut-être qu'ils feront pas les cons.

Mais c'est vrai que le R.P.R. pur et dur, venant fort au pouvoir, pourrait très bien dire que finalement c'est injuste de ne le faire que pour les Restaurants du Cœur, profitant du fait que c'est plus maintenant mais au mois d'octobre, et que la sensibilisation faite aujourd'hui va s'estomper... Voilà, c'est vrai, il y a des risques, et puis, c'est leur jeu de dire ça. Mais, à mon avis, c'est une connerie... Moi j'aurais été conseiller en communication de Chirac, je lui aurais pas fait dire ça. J'aurais pas fait dire non plus à Fabius qu'il avait fait le sale boulot... ni qu'il aimait les pauvres, parce qu'on le croit pas...

QUESTION : *Coluche, je sais que vous avez un métier difficile, où il y a peu d'élus. Il y a aussi dans votre métier beaucoup de misère. Avec votre générosité et votre pouvoir — j'en parle parce que je ne suis pas dans le métier — est-ce que vous pensez faire quelque chose pour tous vos collègues qui ont des difficultés à vivre ?*

COLUCHE : Non. Je peux vous répondre nettement non. Pour une raison simple, c'est qu'on a une profession dans laquelle on ne peut pas aider qui que ce soit. C'est pas nous qui jugeons. Il n'y a pas de piston dans notre métier. C'est sûr qu'il y a des filles qui se font baiser par les producteurs, pour réussir, mais elles réussissent qu'à se faire baiser... C'est tout ce qu'on leur connaît comme réussite ! Celles qui ont réussi se sont fait baiser aussi, c'est bien la preuve que c'est pas un critère...

Donc, vous dites que c'est un métier difficile, c'est difficile pour ceux qui arrivent pas, c'est facile pour ceux qui arrivent. Moi j'ai jamais trouvé que c'était un métier difficile. J'ai entendu dire toute ma vie qu'il fallait tous les soirs conquérir le public. Moi j'ai vu des gens qui avaient payé leur place, qui s'entassaient là, ils étaient conquis d'avance, ils étaient ravis d'être là, j'étais ravi qu'ils soient là, j'ai jamais eu de problème de lutte.

QUESTION : *Je parlais... on vieillit. Il y a des anciens artistes, je parlais de ceux-là, bien sûr, je parle pas de la nouvelle génération...*

COLUCHE : Oui, mais ça c'est un problème de société en général, c'est qu'est-ce qu'on fait de nos vieux, qu'est-ce qu'on fait de nos infirmes, qu'est-ce qu'on fait de nos pauvres ? Et qu'est-ce qu'on fait des pauvres du monde même, parce que de plus en plus les jeunes générations nous poussent au cul... On n'est plus des citoyens français, on est des citoyens du monde, de plus en plus... S'il y avait un peu de poussière à enlever partout, ce serait celle-là. On est de plus en plus des citoyens du monde.

Alors dans l'ensemble, c'est un problème qui se pose à la profession en général, et à toutes les professions.

Je pensais que vous vouliez dire : qu'est-ce qu'on fait des 92 % de chômeurs dans notre profession ? On ne peut pas les aider. C'est le public qui décide de savoir... Moi j'ai débuté en même temps que cinq autres comiques, dont au moins trois sont totalement inconnus, et pourquoi le public m'a choisi moi... je veux pas faire la gueule, mais franchement j'en sais rien...

Alors vous savez comment c'est notre métier, quand on fait un bide tout le monde sait pourquoi, quand on fait un succès personne sait pourquoi. Voilà. Quand on fait un bide, tout le monde dit : mais c'est normal, ils ont pris l'autre con, regarde-moi cette affiche, et le nom du film, et le costume de l'acteur, et ça va pas, et tout ça, tout le monde sait pourquoi.

Mais quand on fait un succès, ils disent : c'est extraordinaire, on comprend rien. Ça les arrange, de pas comprendre, aussi.

Non, c'est un métier où on ne peut pas aider les gens et même, je vais vous dire, par rapport à l'honnêteté humaine, je considère pas que c'est une profession où il faut essayer de les aider... enfin, je veux dire de les aider contre leur talent... Si vous reconnaissez du talent à quelqu'un, évidemment vous l'aidez. Bon, ça évidemment, je l'exclus d'autorité. Mais je veux dire que par charité chrétienne, ou par charité professionnelle, de dire il *faut* aider les gens, 92 % de chômeurs qu'il y a dans ma profession, on peut rien faire pour eux. C'est un mensonge de dire qu'on va le faire. Et puis même, il y a au moins 92 % de chômeurs, parce que le métier est au gré à gré. Alors c'est pas normal qu'il y ait 92 % de gens qui n'ont pas du tout de travail, et que les 8 % qui restent soient milliardaires. Ou enfin... presque tous. Parce que c'est tout le temps les mêmes qui travaillent.

Donc ce serait pratiquement pas juste, parce que c'est pas bien d'encourager quelqu'un à continuer dans une profession où il a pas d'avenir. Surtout dans une profession artistique, qui demande à la personne de s'investir au plus profond de soi-même, puisqu'on passe par nos sentiments propres pour jouer la comédie, et donc ça peut mener des gens au suicide. Facilement, parce qu'il y a une confusion avec la personnalité qui réussit pas dans les personnages qu'on pourrait jouer, et tout ça... Si on n'a pas le moral, on peut pas être gai dans notre métier...

Maintenant pour ce qui est de l'impact qu'on a sur le public par rapport aux hommes politiques, il faut bien savoir que, dans l'ensemble, les artistes qui ont du succès font plus de public en nombre que les hommes politiques dans l'année, et que d'autre part, ils sont payants, les nôtres. Non seulement on fait plus de monde qu'eux, mais nous on fait payer.

Il ne faut pas oublier que, pour parler de deux vedettes internationales, le pape a fait 40 000 personnes de moins au Bourget que Bob Marley. Et le pape, c'était gratuit.

QUESTION : *Cher Coluche, si vous le permettez, pourquoi ne pas revenir un petit peu au sujet du débat de ce soir, qui portait sur votre pouvoir. Vous nous avez donné une démonstration magnifique de votre pouvoir, et je crois qu'ici tout le monde ne peut que s'en féliciter, et vous féliciter.*

Vous, avec votre générosité, vous faites un tabac, et ce tabac est magnifique, et cela débouche sur les Restaurants du Cœur... Vous nous avez dit aussi que les vedettes étaient périssables. N'avez-vous pas peur qu'un jour une vedette de votre talent, avec une sensibilité Le Pen, fasse un tabac qui porterait sur l'égoïsme et la rancœur ? Est-ce qu'il n'y a pas un danger, et comment justement pouvez-vous, vous, prévenir ce danger-là ?

COLUCHE : J'ai pas le pouvoir de le prévenir. Effectivement, quelqu'un qui aurait une sensibilité tout à fait opposée pourrait s'en servir à contresens. Je voudrais le voir, quand même... Par rapport au public, c'est un petit peu vite préjuger de ses réactions. Moi je pense qu'on ne peut pas les abuser. Je pense que c'est vraiment précis le créneau où on peut les avoir. Pour l'instant, ils n'ont pas compris que ça leur donnait accès à un petit peu de pouvoir par rapport à l'État, cette loi. Mais ils ont compris que, quand on les mobilise, avec des gens qu'ils reconnaissent comme étant pas seulement généreux, mais honnêtes en tout cas, ils savent que ça va réussir.

Moi, ce que j'attends, en arrêtant le 21 mars, c'est que le 22, les 126 000 personnes qu'on a nourries le jour avant aillent à la mairie et disent : alors, Coluche y arrive, et vous vous y arrivez pas ! C'est ça que je veux voir une fois. Je veux voir le public prendre conscience du fait que quand il s'unit autour d'une idée, il est fort. Et je pense pas qu'on pourra réunir facilement des gens autour de l'idée qu'il faut pendre des Noirs, ou des Arabes... je crois pas.

Je crois justement que le défaut de Le Pen, par rapport à son talent médiatique... Parce que le talent de Le Pen, la capacité énorme qu'a ce type-là de passer à la télévision, s'il n'avait pas fait la connerie de s'enfermer dans le racisme, qui le limite dans son audience future, et qui lui fait une casserole au cul qui se détachera jamais comme on dit, ce mec-là aurait pu aller plus loin. Et si jamais il dépasse 10 %...

Il faut pas oublier qu'aujourd'hui il s'agit d'intentions de vote, qu'il s'agit aussi de vote législatif à la proportionnelle, quand il s'agira des présidentielles, on verra s'il fait 10 %...

Parce que pour l'instant, ce type-là, il s'est

quand même mis sur le dos cette énormité qu'est le racisme. Si par réaction aux hommes politiques, on est capable de voter pour Le Pen comme on avait l'intention de voter pour Coluche en 1981, pour la même raison de rejet, c'est-à-dire faire preuve d'une espèce d'abstentionnisme supplémentaire marqué d'un caractère particulier, je crois pas que pour autant 10 % de Français soient racistes au point de s'inscrire à un parti qui n'est que ça.

Moi, j'ai personnellement été élevé comme un Rital. Comme vous le savez, les Italiens étaient associés à Hitler pour faire la guerre (encore que, évidemment, l'Europe rêvait d'être envahie par l'Italie plutôt que par l'Allemagne), mais en tout cas, après la guerre, ça la foutait très mal d'avoir été italien pendant, ce qui était le cas de mon père, et donc le racisme s'exerçait... J'ai jamais eu un physique d'Italien, donc je m'en suis sorti...

Mais... il faut pas faire un monde, sous prétexte que *le Figaro-Magazine* fait sa couverture toutes les semaines avec le racisme, il faut pas croire que ça intéresse le public pour autant.

Je cite *le Figaro-Magazine* parce que j'ai des affaires personnelles avec eux... et puis c'est vraiment une bande d'enfoirés... Je peux le dire... au sens ancien du terme... Ces gens-là s'imaginent que le monde va de leur salon jusque... le mercredi à l'imprimerie, quand *le Figaro* sort, et que c'est le plus important. Je crois qu'ils se gourent, le plus important n'est pas là.

Le plus important, en France, c'est pas le racisme. Vous savez, si on devait partager Paris comme on a fait à Los Angeles, en quartiers d'origines différentes, les seuls qui demanderaient à être à côté des Arabes, c'est probablement les Juifs. Parce qu'ils s'entendent très bien, ces gens-là.

On nous fait chier, avec des histoires de racisme, qui n'existe pas... Il y a des poissons volants aussi dans la mer, mais on n'en voit pas beaucoup... Non, moi j'y crois pas. Je crois pas au retour d'une catastrophe...

QUESTION : *Coluche, dans le domaine de l'art, les seuls qui ne laissent rien derrière eux, contrairement aux pianistes qui souvent sont connus même après leur mort, ou les musiciens, ou les littéraires, les seuls qui ne laissent rien derrière eux, sinon quelquefois un nom gravé comme à la Comédie-Française, des noms gravés que tout le monde ignore, les seuls, ce sont les artistes, les comédiens... En ce qui vous concerne, que souhaiteriez-vous laisser, ou qu'on dise de vous après votre mort ?*

COLUCHE : Moi, personnellement, j'ai mis dans une enveloppe ce que je mettrai sur mon épitaphe en partant : c'est « démerdez-vous ! ». Moi, j'ai fait ce que j'ai pu, je vais faire ce que je peux pour faire marrer, je vais faire ce que je peux pour intéresser les gens, les surprendre, les amuser... Je vais faire mon métier. En fait, on n'en a pas parlé, mais finalement si vous regardez bien, c'est ça.

Si vous regardez bien ma carrière, j'ai commencé par être célèbre au music-hall. J'ai pas été à plaindre au café-théâtre parce qu'on a lancé un genre aussi, j'ai fait partie de la génération qui l'a créé, et non pas de ceux qui ont seulement suivi un mouvement. Ça c'est vachement fort dans le public. Au music-hall j'ai vraiment démodé pas mal de monde...

De toute façon, il faut faire ce qu'on sait faire, et pas ce qu'on voudrait savoir faire. Qu'on cherche à améliorer, c'est normal, mais qu'on essaie de faire... Il y a beaucoup d'exemples d'artistes qui avaient un rêve de jeunesse, qui sont devenus connus avec quelque chose et qui ont fait autre chose.

Par exemple, je connaissais Michel Berger, qui marchait très bien avec ses chansons. Tout d'un coup, il a voulu faire un opéra, et il s'est ramassé. Là-dessus, il m'a dit : « Ben, écoute, j'ai fait une connerie, j'en ferai plus d'opéra, c'était un rêve de jeunesse. »

Mais les rêves, c'est fait pour être rêvés, pas pour être vécus. Alors il faut pas confondre ce qu'on est capable de faire, avec ce qu'on a envie de faire. Il faut pas avoir une prétention au-delà de ses qualités d'une part, et d'autre part il faut savoir adapter ce qu'on sait faire à ce quelque chose qui n'a rien à voir avec nous.

Ça veut dire que quand je me présente aux élections, que je me marie avec Le Luron, ou que je fais les Restaurants du Cœur, je fais un effet médiatique qui part de mon talent, mais qui ne sert pas du tout mon métier.

Aujourd'hui, le seul disque que j'arrive à faire vendre, c'est celui des Restaurants du Cœur. Mais, moi, j'ai un disque de blagues qui vient de sortir, et qui se vend pas. Alors que mes disques se sont toujours vendus comme des petits pains.

Pour l'instant donc, je fais pas vendre mon disque. C'est pas grave, parce qu'on le fera vendre plus tard, on va se démerder, il y a aucun problème. Mais n'empêche que la vérité de la chose, elle est là. On peut pas détourner l'attention du public à son propre intérêt.

J'ai choisi d'utiliser ma personnalité populaire pour faire autre chose que ma profession. C'est une bonne combine à long terme pour moi, parce qu'il est probable que pendant encore des générations et des générations, quand il y aura les présidentielles, on dira : rappelez-vous qu'un certain Coluche avait fait 16 % d'intentions de vote, à une époque où le R.P.R. faisait 17, et le Parti communiste 15.

Si vous voulez, c'était le premier signal d'alarme dans une démocratie. C'est la première fois que des gens répondaient à une intention de vote pour quelqu'un qui voulait pas être élu. Ce qui est très important comme démarche. C'est pas pareil.

Alors, voilà. Je vais faire ce que je peux. Et puis il se trouve que ça me fait marrer, j'aime bien ça... Le geste auguste du semeur... de merde...

QUESTION : *Si je comprends bien, Coluche, vous êtes tout à fait d'accord avec le fait que pour un artiste, ce qui compte autant que son talent, c'est ce qu'on appellerait son image de marque, ou pour employer un mot plus à la mode, son « look ».*

Il y a une question que je me pose, c'est qu'il peut devenir prisonnier de cette image de marque. Je prendrai un exemple, celui de Serge Gainsbourg. Moi j'aime beaucoup Serge Gainsbourg, en tant que compositeur, en tant que mélodiste. Je trouve qu'il est parfait, il a un talent énorme. Mais il veut donner tellement l'image du type bourré, qui s'en fout, et obsédé et tout, qu'en fin de compte on s'aperçoit qu'il force un peu la note. Qu'est-ce que vous pensez de ça ?

COLUCHE : C'est un bon exemple, Gainsbourg. Comme vous dites, vous l'aimez pour ses qualités artistiques, et ceux qui l'aiment parce qu'il est pas rasé, c'est ceux qui l'aiment pas pour ses qualités artistiques. Donc ça n'a aucun intérêt pour lui.

Comme disait un de mes prédécesseurs de la profession : que vous aimiez individuellement un artiste ou pas, ça ne fait *rien*. Exactement rien. S'il s'agit d'une personne. Gainsbourg, il fait des mélodies pour plaire à ceux qui aiment ses mélodies, et il se rase pas, il est bourré, pour faire parler tous ceux qui le détestent.

Parce qu'il faut pas oublier qu'on est toujours vedette avec un minimum de public. Le président de la République est élu avec 11 millions de voix, alors qu'il y a 55 millions de Français. Moi quand je fais un tabac dans mon métier, je vends un million de disques, alors qu'il y a 18 millions d'électrophones. On est toujours vedette avec un *minimum* de public.

Donc, si en faisant votre travail toujours pour ce même minimum, vous vous adressez au nombre important de gens qui soit vous détestent, soit s'en foutent (ce qui est encore pire), à ce moment-là évidemment vous devenez une vedette beaucoup plus populaire que votre seul talent vous aurait permis de l'être.

C'est un très bon exemple, Gainsbourg. C'est justement ce que je disais avant, mais vous m'avez permis de le dire encore plus clairement. Le talent consiste à ne pas s'intéresser seulement à ses auditeurs. Il faut s'adresser à l'ensemble de la population, en utilisant ce qu'on sait faire. Moi, je peux vous garantir que j'ai vu Gainsbourg arriver pas bourré, et être bourré instantanément en entrant sur le plateau, il sait le faire. C'est son métier.

Et puis peut-être que les Restaurants du Cœur, si vous voulez une morale à tout, c'est peut-être le prix que Coluche est obligé de payer pour rester vulgaire...

QUESTION : *Vous évoquiez tout à l'heure la possibilité dans peut-être deux ans de récidiver si j'ose dire, mais non pas au sens péjoratif. Ne craignez-vous pas que le pouvoir dont nous parlons soit peut-être encore plus illusoire qu'on ne pourrait le craindre, dans la mesure où vous ne pouvez pas le réutiliser, et où je pense qu'il doit avoir une sorte de faculté d'usure immense ? Si demain Coluche (demain ou dans deux ans) réamorce une nouvelle campagne, ne pensez-vous pas que le public ne le suive pas aussi facilement qu'il l'a suivi pour les Restaurants du Cœur, en disant : il recommence, il nous fait le coup des Restaurants du Cœur... et qu'il y ait finalement un phénomène d'usure à la limite, qui se produise assez rapidement ?*

COLUCHE : C'est bien pour ça que notre profession nous permet de nous étaler parce qu'on est plusieurs. Par exemple, les seuls contacts que j'ai eus avec le R.P.R. dans cette affaire de Restaurants du Cœur, c'est par Daniel Guichard et Alice Donna, qui eux sont copain et copine, avec des gens du R.P.R., et si demain ça devait être un autre leader que moi pour les Restaurants du Cœur ou pour une autre idée, je serais tout à fait ravi. Moi, j'aiderai tous les gens qui ont une idée, qu'ils soient de mon métier ou pas, à faire quelque chose.

C'est vrai que peut-être le public va dire ça. Moi, je pense le contraire. Pour l'instant, c'est nouveau pour eux, ce pouvoir dont je me sers leur est offert, ça va leur donner la possibilité... c'est pas une loi qui les oblige, c'est une loi incitative et pas obligatoire, qui leur donne la possibilité, au lieu de donner 1 500 F à l'armée française... Parce qu'il faut savoir que le budget de l'armée, de l'industrie militaire, est beaucoup plus important que celui de l'industrie civile, et que tant qu'on inversera pas un petit peu les chiffres, on pourra pas sortir d'une situation...

Donc si le public arrive à comprendre qu'on lui a donné un billet pour avoir un peu de pouvoir sur son impôt directement, peut-être que la prochaine fois, il se dira : il faut suivre, parce que la dernière fois il a eu une bonne idée. Bon, peut-être au contraire... enfin... moi je me dis ça. Maintenant, effectivement, ils vont peut-être se lasser...

En tout cas, pour qu'ils se lassent réellement, il faudrait qu'un nouveau pouvoir arrivant aux affaires de la France, dise : ça n'est pas raisonnable de laisser voter une loi qui a été faite par un saltimbanque. Alors, à ce moment-là, le public dirait : eh bien finalement, on a fait tout ça pour rien, et Coluche a fait ça pour rien, donc la prochaine fois, quand je lancerai une idée, il dirait : on va pas refaire un truc pour rien.

Tandis que si on aboutit vraiment à une loi qui est votée, ça ils l'oublieront pas, les gens. Ils l'oublieront pas. Donc la prochaine fois que je sortirai une idée, ils diront : il faut suivre.

C'est pour ça que si j'avais quelque chose à venir vous demander, ça serait ça. Si vous pouvez aider à ce que cette loi ait lieu, faites-le. Parce que même si vous avez des soupçons pour le fait que ça favorise plus cette fondation qu'une autre, dites-vous bien qu'on leur fait mettre le doigt dans l'engrenage où ils vont laisser le bras.

Il faut *absolument* décharger l'État de ce qu'il ne sait pas faire, et de ce qu'il fait mal.

Parce que ça fera moins de choses à lui reprocher dans l'avenir, et donc ça peut amener un discours un peu plus sympathique vis-à-vis d'eux d'une part, et d'autre part, quand on apprend dans la presse par exemple qu'un type a cambriolé une épicerie pour la caisse, et qu'en même temps il a emmené un jambon, moi, je me dis, sans vouloir faire de misérabilisme, que c'est quand même la base de la sécurité dans un pays que tout le monde ait à bouffer. C'est la base. Parce que quelqu'un qui a pas à manger un jour sur deux, il a mal à l'estomac, il aime pas la société, et on peut pas lui en vouloir. Physiquement, il ressent quelque chose. C'est particulier, quoi. Quand on est jeune, et que c'est une situation qu'on sait qu'elle est de passage, bon... pffftt... On s'en fout, on est jeune, on réagit bien, on est prêt à tout, on est prêt à supporter toutes les douleurs physiques.

Mais quand on a déjà travaillé une partie de sa vie, qu'on a des gosses, et qu'on peut plus les nourrir, et qu'on se sent l'estomac là... merde... ça doit être terrible. En tout cas, moi, je souhaite ça à personne...

QUESTION : *Si j'ai bien compris votre propos, dans le Restaurant du Cœur, il y avait deux objectifs. Le premier, il a été pleinement atteint, c'était de nourrir les gens qui n'avaient pas à manger. Le second, j'ai envie d'employer le mot parce que j'ai pas peur du mot, encore moins de la chose, il était un petit peu anarchiste. Vous avez dit décharger l'État de ce qu'il ne sait pas faire, et peut-être à plus long* terme faire prendre conscience aux gens que l'État remplit mal, ou même parfois pas du tout, son rôle. Est-ce que vous pensez que ce deuxième objectif sera aussi facilement atteint, est-ce que vous ne pensez pas que finalement on aime toujours bien égratigner l'autorité, mais quand il s'agit de la faire vaciller, c'est plus difficile? Je sais que vous avez eu 16 % d'intentions de vote, mais là encore il ne s'agissait que d'intentions...

COLUCHE : Absolument. C'est pour ça que je vous dis que c'est pas un truc qu'on peut faire tout seul. C'est certain que si tout le reste de la société, en dehors de cette masse que représente le grand public, et qui serait donc le pied de la pyramide sociale, après ça, plus on monte, moins y a de monde, il est bien évident que si toute cette couche qu'il y a au-dessus veut pas que ça se fasse, ça se fait pas. Ça, c'est clair.

Mais encore une fois, on est dans une société qui n'est faite que de groupuscules, de minorités, qui s'entre-dévorent quand elles sont de la même origine, ou quand elles ont la même intention, et qui s'ignorent quand elles n'ont pas le même but ou la même intention.

Si vous voulez, dans cette situation ridicule politiquement en France aujourd'hui, le grand public a compris depuis bien longtemps que les accords qu'on peut prendre à droite sont faux, et que le désaccord apparent qu'il y a à gauche est faux aussi. C'est-à-dire que tout le monde va aux élections individuellement, la gauche en disant qu'elle est désunie, et la droite en disant qu'elle est unie, et c'est faux des deux côtés. Alors c'est quand même assez joli, comme résultat!

Il faut pas oublier non plus, dans la vie que nous vivons, que pour moi... je dis ça, c'est un peu sentencieux, mais quand même... la guerre dans le monde, la misère du monde, les résultats de tout ça, la sécheresse qu'a traversée l'Afrique (elle venait d'Amérique du Sud, on le savait, on connaissait cette sécheresse qui se déplaçait le long de l'équateur, on avait prévu exactement à quelle date elle allait arriver, et on l'a laissée faire), les huit guerres... les huit conflits qu'il y a encore aujourd'hui dans le monde, malgré qu'on vient d'en arrêter cinq (donc une volonté qui a marqué que quand ils voulaient, ils pouvaient faire ce qu'ils voulaient), tout ça n'est pas le résultat de la connerie des gens qui nous dirigent, mais de leur intelligence.

C'est bien à force de raisonnements intelligents qu'ils ont décidé qu'il était préférable de faire une guerre ou de laisser mourir des gens. Alors, effectivement, si vous voulez parler d'anarchie et de contre-pouvoir, il y a plus à faire qu'à se regarder en face et à se poser des questions. C'est sûr. Moi, je vous dis, je ferai une demande pour rentrer dans votre mouvement quand votre mouvement voudra sortir de l'anonymat, parce que si vous voulez aller aux élections, moi, je veux bien être franc-maçon. Mais dans tous les autres cas... oui, pour parler avec des gens, remarque... c'est sympa.

212

Conclusion d'Henri Avrange, membre et représentant du Grand Conseil de l'Ordre du Grand Orient de France.

HENRI AVRANGE : *Nous avons été heureux de vous recevoir en notre hôtel du Grand Orient de France, et nous prenons note de ce que vous venez de dire. Peut-être aurons-nous un rendez-vous, un de ces jours.*

Voyez-vous, un des rares privilèges d'un conseiller de l'Ordre est de prendre la parole en dernier, et en face d'un humoriste de votre qualité, je suis très heureux de l'avoir fait, car ainsi j'ai pu avoir le dernier mot !

Pour un homme de spectacle, Coluche, ce soir bien entendu, ainsi que le disait précédemment notre président, vous avez dû être un peu frustré, car chez nous, on n'applaudit pas, mais on ne siffle pas non plus, et chacun peut s'exprimer en toute sérénité. Pourtant, voyez-vous, j'ai été un peu déçu de votre prestation de ce soir, un peu déçu, mais ravi, car autour de vous flotte un certain parfum de soufre... J'attendais un homme provocateur, trivial parfois, et nous avons reçu un homme courtois, plein de bon sens, plein d'esprit.

Votre venue chez nous est un événement, Coluche. Nous avons reçu, en cette période... avant cette période électorale, bien des hommes politiques, des chercheurs, des journalistes, mais vous, ce soir, vous avez fait un tabac. Et je vous en sais gré.

Votre venue ce soir parmi nous témoigne de votre esprit de liberté, car il y a un fait, que vous êtes devenu, à vous tout seul, un contre-pouvoir, qui montre bien l'importance des artistes, pour reprendre le thème de votre conférence ce soir, thème que vous avez évoqué légèrement, mais vous l'avez évoqué tout de même... qui montre bien l'importance des artistes dans notre société actuelle.

Pourtant, votre présence ce soir, Coluche, peut sembler insolite, et cependant nous savons que vous êtes proche de nous, et votre combat pour les Restaurants du Cœur témoigne de votre esprit de solidarité. Quand on parle solidarité, ainsi que vous le disiez très justement, il ne faut pas confondre avec la charité. Les conservateurs emploient, c'est vrai, le terme de charité. Nous, ici, au Grand Orient, nous parlons de solidarité. Ceci témoigne de notre éthique humaniste.

La solidarité pour nous, c'est avant tout le dialogue. C'est aller l'un vers l'autre. C'est comprendre l'autre. Et c'est infiniment maçonnique. Le langage du cœur n'est pas obligatoirement académique, et vous, Coluche, avec assez de bonheur, vous usez d'une dialectique qui vous est bien personnelle. Mais, ce soir, nous avons coexisté, vous et nous, avec plaisir.

Le sujet de votre conférence est symptomatique de notre époque. Il est remarquable de noter que les grandes manifestations, en France et dans le monde, contre la faim, contre l'apartheid, contre le danger nucléaire, pour le tiers-monde, sont organisées par des artistes du show-business, organisées et remarquablement réussies. Peut-être sont-ils plus crédibles que les professionnels de la cha-

214

rité, ou sont-ils plus crédibles que les hommes politiques.

Nous pensons qu'actuellement, les gens, et surtout les jeunes, se désintéressent du langage politique. Ils s'en désintéressent car celui-ci n'est plus porteur d'espoir. Mais n'y a-t-il pas un risque tout de même que la solidarité, la fraternité, serve de promotion pour les artistes... Mais ce risque, nous l'acceptons, je l'accepte, car je pense que le résultat est primordial.

Coluche, non, la franc-maçonnerie du Grand Orient n'est pas secrète. Elle est simplement discrète. Et en outre, contrairement au banquier suisse, nous signons, et persistons dans notre action en faveur de l'homme.

En cette période cruciale, cruciale pour la France, cruciale pour notre avenir, où le racisme pose problème, et quoi que vous disiez précédemment, où il vous pose également, Coluche, problème, nous savons que par vos émissions, vous participez également à ce combat.

Voyez-vous, notre éthique, c'est la défense des droits de l'homme, la défense de la dignité de l'homme. En créant les Restaurants du Cœur, et avec quel succès, vous participez à ce grand combat.

Et au nom du Grand Orient, Coluche, je vous en remercie.

Cette conférence a permis de recueillir près de 10 000 F, qui ont été aussitôt remis à Coluche pour les Restaurants du Cœur.

MERCI À :

Gisèle Avranne
Jacqueline Birée
Cabu
Martial Courtois
Louis Dalmas
Jan-Jan
Jean-Luc Lagardère
Gérard Lanvin
Jean-Pierre Ozannat
Robert Willar
Wolinski

*Du même auteur
au cherche midi éditeur*

Pensées et anecdotes
illustré par Cabu, Gébé, Gotlib, Reiser, Wolinski

Composition réalisée par EURONUMÉRIQUE

Imprimé en France sur Presse Offset par

BRODARD & TAUPIN

GROUPE CPI

La Flèche (Sarthe).
N° d'imprimeur : 12953 – Dépôt légal Édit. 22950-07/2002
LIBRAIRIE GÉNÉRALE FRANÇAISE - 43, quai de Grenelle - 75015 Paris.
ISBN : 2 - 253 - 14809 - 1